Bitska Bitar

Bitska Bitar
av Lars H. Ottoson

NORDSTJERNAN
Förlag, New York

Nordstjernan Förlag, New York 2004

Omslag: Gunnulf Björkman
Illustrationer: Gunnulf Björkman
Orginalets titel: Bitska Bitar
© Författaren och Nordstjernan Förlag 2004
ISBN: 0-9672176-1-X
First Edition
Made and printed in USA

Nordstjernan Förlag
Book Services
P.O. Box 1710
New Canaan, CT 06840

När Lars-Henrik Ottoson (Lars H. i Amerika) tillfrågades om yrke när han sökte nytt pass svarade han "Skrivmaskin". Och så har det varit ända sedan han som läroverksgrabb började skriva skolidrott i stockholmstidningarna för tio öre raden och tills han idag kåserar varje vecka i Svensk-Amerikas äldsta tidning, Nordstjernan, utgiven sedan 1872.

Dessemellan har han hunnit med att vara BBC korrespondent i London, som enda svensk journalist bevaka Nürnbergrättegången, skriva de första svenska reseguiderna till London, England och stora delar av Euopa. Han har filmat gorillor med Sven Nykvist i Afrika, kört bil från Nordkap till Kapstaden, och tvärs över USA i Judy Garlands klassiska 12-cylindriga Lincoln Convertible. Han styrde de svenska TV-nyheterna i många år som Mr. Aktuellt och han hade Sveriges hittills största lyssnarskara den natt han refererade Ingemar Johanssons tungviktsmästerskap i New York. Om allt detta och mycket mer berättar Lars i sina memoarer, som planeras att släppas inför julen 2004.

Lars H. Ottoson's kåserier i Nordstjernan, som publiceras från New York, är alltid lika uppskattade av en hängiven läsekrets.
Själv befinner han sig i bostaden på North Hutchinson Island på Floridas östkust, där hans tre barn och åtta barnbarn besöker honom från Sverige. Som "skrivmaskin" upprätthåller han en tradition i den svensk-amerikanska tidningen, som inleddes med sådana krönikörer som Ernst Skarstedt och Chas Håkansson under 1800- och 1900-talens Nordstjernan.

Illustratören BEMAN, alias Gunnulf Björkman, tog steget från tidningstecknare till artistisk reklamchef för verktygsföretaget Bahco, skaparen av skiftnyckeln. Ett avslöjat sinne för marknadsföring ledde Björkman via London till chefsposten för Bahco i Sydamerika. Ingen regeringschef där nere var honom främmande. När Gunnulf drog sig tillbaka efter ett 30-tal år tog han fram staffliet och återvände till sitt artistiska ursprung. Han hade 2003 en framgångsrik vernissage i Miami. Konstnären delar sin tid mellan Argentina och Mariefred.

Till mina påminnelser om framtiden:
Adrian, Fam, Micke, Nisse, Robin, Sebastian, Ted och Tua

Innehåll

En sommar där allt började...

BY KYRKBY, DALARNA. När den svenska sommaren slår till som en svensk sommar i ens drömmar likt jag upplever den från kyrkbacken i By, finns inte dess like. Inte en värld så stilla, ren och vacker som i denna urböndernas socken i Folkarebygden där den vita kyrkan på höjden står som en kallelse till grödan att gro och till människorna att vårda sitt arv.

Att sitta här denna välsignade sensommardag, där allting började en gång, är som att känna fäderneslandet i hjärta och njurar. Det här är svearnas, Gustav Vasas, Erik Axel Karlfeldts, Carl Larssons och Kalle Jularbos Sverige, bortom turistlederna, trafik och souvenirmackarna, som säljer korv med potatismos.

Solen förgyller fälten, stugorna gassar i värmen, några molntappar har stannat upp på den flaggblåa himmelen liksom för att släppa förbi kanadagässen som drar söderut igen. De känner väl på sig att denna århundradets vackraste sommar inte orkar hänga i så värst länge till.

Detta är Folkare land, brukat oavbrutet i sjutusen år, den äldsta organiserade bygden i det gamla Svea Rike, det äldsta riket i hela Europa. Redan ett sekel efter Kristi födelse skildrade romaren Tacitus detta land av stammar samlade i ett Svea rike under en enda oinskränkt härskare. Institutioner som fortlevt långt in på 1900-talet, såsom häradsindelning och tolvmannanämnder, är ett direkt oförändrat arv från dessa avlägsna förhistoriska tider.

Därför känns det här på kyrkbacken i By som att stiga in i det svenska ursprunget. Längs den mörkgröna åsen på andra sidan fälten drog Gustav Vasa med några hundra dalkarlar ner mot Brunnbäcks färja några kilometer härifrån och började befrielsekriget mot Kristian Tyrann när hans hoprafsade skara av bönder slog Didrik Slagbecks danska styrkor och satte punkt och slut för den svenska medeltiden.

I By socken har inte mycket ändrats i naturen sedan dess. Den mark som inte var uppodlad mellan åsar och skogar för hundrade år sedan är fortfarande ostörd. Det är ögonlångt mellan gärdena och stugorna. Härifrån och upp så långt man kan komma i Sverige finns mer orörd vildmark än sammanlagt i hela Västeuropa.

Vid Balforsen runt knuten från By står ett hugalågt stockhärbre i skogskanten - tre väggar och ett tak - där forsrännare kan lägga ut sina sovsäckar. Glöm tält. De har inget här att göra.

Ett anslag säger:

"Detta är orörd vildmark. Allt brytande eller plockande av grenar och kvistar är förbjudet. Men du är välkommen till den ved som finns i härbret och huggits annanstans för kokelden i stenringen".

Om vi råkar ses en vacker sommardag på kyrkbacken i By, förstår du varför jag skrivit den här krönikan.

Fredagskväll på SoBe

MIAMI BEACH (Fredagskväll på SoBe's Ocean Drive) Neonen sprakar över pastellfärgade fasader, rockmusiken väller från packade gatukaféer och restauranger och badar en aldrig sinande ström av flanerande och rollerbladande kroppar som kommit för att se, synas och inte minst visa upp sig. Gatan utmed beachen är ett sniglande bilströg och där bortom palmerna är havet.

Södra delen av Miami Beach - SoBe för innefolket idag - är ett under av återuppståndelse, en förfallen Art Deco relik från tjugo och tidiga trettiotalet lyft ur sin misär, restaurerad och förvandlad till det "hetaste" ströget i Amerika.

Det var här charleston- och foxtrotgenerationens high society levde loppan en gång när Erté var deras designer. Men allt eftersom större och större hotell åt upp mark norrut längs beachen skakade varje nytt kvarter av sig ett gammalt, ungefär som en skallerorm tappar en ring. Och Art Deco stilen blev snart passé.

Hotelrummen längs Ocean Drive och Collins Avenue hyrdes ut som "efficiencies" med kokplatta till pensionärer, som med åren blev allt mindre bemedlade i allt mindre underhållna byggnader. De köpte gammalt bröd och kantstötta konserver runt hörnet och tillbringade sina dagar sittande som ett ändlöst band, kvarter efter kvarter, på de nu av ålderdom garnerade verandorna.

Och så var det ända in på åttiotalet, då nån insåg att de här cirka femton kvarteren, Miami Beach's enda strandpromenad, förtjänade ett bättre öde än att tyna bort som ett åldershärbärge för $75 i månaden per rum med kokplatta.

Man brukar säga att pengar köper inte "real estate" - vision köper det. Och lyckan här var väl att staden inte lät någon fingra på Art Deco-byggnaderna. Visionen var ett nöjes- och småhotellstråk – och visionen blev en formidabel verklighet ankrad i nostalgi.

Låt vara att de flesta som trängs där idag, sju dagar i veckan och nästan 24 timmar om dygnet, inte har en blek aning om vad SoBe en gång var. Men stilen är cool. Och när nånting är riktigt cool, då kommer också de verkligt "coola".

Insprängda europeiska turister kommer för att känna innepulsen i Amerikas "pulsigaste" plats där kropparna struttar och åker rollerblades, och Madonna, Sylvester Stallone och Gloria Estefan öppnat krogar och klubbar. Kulmagar och stora stjärtar har, skall vi säga, inte mage att ställa upp på SoBe's Ocean Drive för det här är de bikinitoppade tjejernas och muskelknuttarnas strandgata. Killarna paraderar så tätt att man skulle kunna dra en kilometerlång tråd genom öronringarna på dem medan de exponerar sina solbrända "tillgångar" förbi cappucinidrickande turister, som döljer sina vita lemmar i grunge shorts och stora T-shirts.

Här behöver man inte ställa den gamla svenska frågan: "Vart tar alla vackra flickor vägen och var kommer alla fula kärringar ifrån?" I stället kan man här vända på kuttingen och fråga "var kommer alla vackra flickor från?"

Var många killar kommer från är inte svårt att gissa när man ser mängden av dem strosa hand i hand. San Francisco i all ära - om det nu är sån ära - men SoBe är homosexstället nummer ett i Amerika just nu. På dagarna drar sig "pojkarna" till en del av beachen som myrorna till en stack för att sedan klockan slagit midnatt, sätta igång håll-i-gången tills solen går upp över oss andra. Men So Be It.

BEMAN – 04

Disneyland, New York

NEW YORK, ORLANDO, FT. PIERCE. För oss som bor någon annanstans är det säkert lika fascinerande att åka och titta på New York, som det är för en New York bo att komma hit till Florida och gå på Disney World. Bägge världarna är lika overkliga, utom för dem som så att säga bidrar till underhållningen. Ett entimmespass en het dag som Snoopy eller Mickey är säkert inte värre än att stå packad i en tunnelbanevagn under rusningstid på Manhattan.

Men medan New York underhåller besökaren med att vara imponerande, underhåller Disney med att vara - underhållande. Bägge är Amerika, men New York är sitt eget Amerika, arrogant självmedvetet, knuffigt och totalt ointresserat av vad som händer bortom Brooklyn och Queens. Men fascinerande.

Det är en grå, regnig dag i Florida, när jag skriver detta. Det förekommer faktiskt sådana dagar också här. Det får mig att tänka på att komma ut från redaktionen på Manhattan vid femsnåret utan paraply och försöka haffa en taxi. Det tar nästan lika lång tid som att köa in för en disneyattraktion. Fast man blir surare i New York. På mer än ett sätt.

Samuel Johnson skrev en gång för några hundra år sedan att den som är trött på London är trött på livet. Idag skulle han med fog kunnat säga att "för den som är trött på livet i New York har jag full förståelse."

Att bo i New York är i och för sig ett konststycke. Att arbeta där är en fysisk pärs. När man sedan kombinerar de två förvandlas man till en knegare i trängseln med ett ansiktsuttryck lika tomt som en avslagen dataskärm. Alltid i väntan på något -

- på ett tunnelbanetåg, på en taxi i regnet, på en 'sub' på delin, på hissen till femtionde våningen, på en buss som aldrig kommer och på nån parad som tar struptag på trafiken över halva Manhattan.

Men nog fasicken är det fascinerande alltid.

Att leva på Manhattan är något av en religiös kult. Så kallade "Manhattanites" ser sin ö som en sentida version av ett Akropolis parat med ett Forum Romanum där livet är tummen upp eller tummen ner. De anser utan minsta blygsel, att ingen är något eller någon förrän någon eller något blivit någon eller något på Manhattan och fått sina 15 rader i New York Magazine. Det är ungefär som när min son en gång beskrev en svensk idrottsstjärna som världsberömd. När jag tvivlade på det, replikerade han att "han är världsberömd i Sverige." Efter nästan ett år i New York, och på väg att likt mången kidnappad börja förföras av kidnapparen (á la Patty Hearst ni vet) är jag nu rehabiliterad i trakterna av Disney World som låt vara, är minst lika kommersiellt som Manhattan, men man har roligare för pengarna, och man behöver inte gå dit om man inte vill. Men och å andra sidan, i New York är man alltid

BEMAN -03

Vårkänslor

När det våras vaknar kärlekskänslorna. Jag kom att tänka på det när en alligator promenerade in på min gräsmatta häromdagen.

Beträffande alligatorer: Får ej skjutas om de inte har för avsikt att äta dig eller dina närmaste anhöriga, till vilka dock inte räknas hundar, katter och fjäderfä. Ring i stället "your local friendly nuisance gator trapper". Den här tiden på året är han lika populär i Florida som en rörmokare i England på vintern.

När det är så kallt i sjöarna att bara kanadensare badar, ligger alligatorhannarna utan aptit, likgiltiga för omgivningen och väntar i månader på varmare vatten att väcka deras hunger efter mat och honor. Det behövs skrovmål för att med vikt och styrka omsätta vårkänslorna i praktiken.

De har lärt sig att det är lättare att knipa en hund från en kanaltomt eller vid nån brygga än att jaga ute i vildmarken. Glad i hågen sprang vår pudel ner till bryggkanten vid en sjö en kväll för några år sedan. Nafs, och hon försvann i vattnet. Det tog bara sekunder: Det var i samma sjö nära Orlando som en tolvfotare för några veckor sedan dödade en treåring som vadade i vattenkanten. Tragedin blir naturligtvis inte mindre av att sådana händelser är sällsynta. Något liknande har bara inträffat åtta gånger sedan 1948.

Kärlekskranka hannar ger sig ofta iväg på långa eskapader från vattenhål till vattenhål. Det tar dem över torrmark och vägar, boskapsrancher och golfbanor och till och med rakt igenom mobile home parks. "The trapper hot line" tog emot 13.000 rapporter om "nuisance gators" förra året. Trappers jagade efter 10.000 av dem och fångade och avlivade 5.000.

De kallblodiga reptilerna är ganska ofarliga när de ibland på vintern kryper upp ur nån kanal för att värma sig i solen på en gräsmatta. Då kan en hund till och med gå fram och nosa på dem. Men se upp när våren löser dem ur deras ide-liknande tillvaro. Och klipp inte gräset för nära sjökanten eller vada i viken där en hona väl gömd vaktar sina ägg.

Det är ju inte alligatorernas fel att vi har skapat en massa skafferier åt dem. Men det är ju märkligt att man skall behöva sätta upp skyltar för att varna ljushuvuden från att mata alligatorer:

"Om du ger dem en varm korv en dag försöker de ta armen på dig nästa," sade min lokale trapper Tommy Gore medan han tejpade käften på en tiofotare. "Den här har inte gjort något, så jag kör ut och dumpar honom nånstans i Everglades."

Nej, han hade inte gjort något, bara spatserat in på gräsmattan mellan husen och sett sig omkring.... Vem vet, allt han var ute efter var kanske att finna nån golfbanepöl med änder på vägen till kärestan nånstans i sankmarken bortom nionde hålet... Han vet att änder är dumma nog att simma nästan in i munnen på honom.

Men golfspelare borde vara klokare, säskilt så här års, än att försöka fiska upp en boll ur ett vattenhinder. Kenneth Byar kom underfund med det häromdagen när han hörde ett plask och såg klubban flyga ur händerna.

En klubba fattigare är han nu ett minne rikare. För stunderna kring nittonde hålet.

Att bli äldre men inte föråldrad

Alla vill leva längre men ingen vill bli gammal. Eller hur?
Den ekvationen håller naturligtvis inte. För att kunna hänga med
gäller det att bli äldre utan att bli föråldrad. Vilket inte är lätt i en
tid då "tekniken" slänger in nya prylar i våra liv innan vi ens hunnit
mästra eller betala för de gamla.

Det var en gång – och idag låter det som en saga – när genera-
tionerna jobbade med samma redskap, de yngre lärde av de äldre.
Ingen blev förman på General Motors innan han fyllt åtminstone
40, eller hamnade i direktörsstolen på företag som Stora Kop-
parberg (numera STORA) innan han var 55. Seniority var heligt
i hierarki och fackföreningar.

Idag trycker generationerna på underifrån, impregnerade med
färska tekniska kunskaper, som gör en ingenjör från 70-talet lika
föråldrad som trärackets på Wimbledon.

Sverige ligger i täten här. Åldersfixeringen har blivit ett
problem. Den som blir "downsizad" över 50 kan hälsa hem till
att få ett jobb som tillnärmelsevis motsvarar hans kvalifikationer
- om han eller hon nu överhuvudtaget kan få ett. Undantagna är
skådespelare, Lill-Babs, gubbar som lyckats ta sig in i styrelserum-
men och naturligtvis, politiker. Fast att vara politiker är ju mer en
verksamhet än ett jobb.

När jag sist var i Sverige och gick till Operakällaren för lunch
kände jag mig som Metusalem i kindergarten. Knappast ett ansikte
över 40. Jag tänkte att det är bäst att ni hänger med i svängarna
för just nu ligger en bunt tjugoåringar i startgroparna på Teknis
och Chalmers.

19

Välfärdssamhället, som gav säkerhet från vaggan till graven, är inte något axiom längre. Att ungdomen tränger på med nya kunskaper, ambitioner och initiativ är i och för sig uppfriskande. Men de undanträngda, de som inte förmått att ta sig in i cyberspace, har i sin tur blivit en förtidsföråldrad generation.

Anställningsvillkoren i Sverige tillåter inte att någon avskedas annat än om ett företag drabbas av sådana ekonomiska problem att det bevisligen inte kan hålla arbetsstyrkan längre. Man vågar inte anställa folk över 50. En ung kraft kan alltid byta jobb om han inte passar in. En äldre kraft riskerar man att få behålla till pensionsåldern.

Som tidningsman såg jag början på det här på sextiotalet när offsetpressarna började ta över och blysätterier och klichéanstalter försvann. En hel yrkeskår raderades ut av tekniken. De stora annonsbyråerna med hundratals anställda förvandlades till små idéskapande grupper när kunderna kunde desktoppa de flesta printjobben själva. Och så vidare.

Det är klart att samma förändringar ägde rum också här över. Men skillnaden var och är, att svensken stod handfallen och ofta resignerad. Han hade aldrig upplevt ett konkurrenssamhälle. Arbetslöshetsunderstödet var dessutom så högt och varaktigt att han inte kunde tänka sig att acceptera ett jobb av lägre grad. Och därmed halkade man in i dagens situation när alldeles för många äldre, men ändå inte gamla, blivit föråldrade.

Jag tackar min lyckliga stjärna att jag bor i Amerika, som tillåter mig att leva ett aktivt arbetsliv långt in i pensionsåldern. Det har förstås inte skett utan teknisk uppgradering, men utmaningen att hänga med är en ofantlig stimulans. När jag ett tag funderade på att flytta till Sverige, löste min dotter i Dalarna det problemet med att säga: "Stanna du kvar, för här hemma kan du bara sitta i fönstret och titta ut över pelargonerna."

Och nån sådan blomsterälskare är jag inte...

Vad i Guds namn....?

I Guds namn kan mycket uträttas och mycket motiveras. Vilken gud spelar ju ingen roll för vi vet ju alla att den just du tror på är den rätte.

I Sverige där de flesta bara går i kyrkan för dop, konfirmation, bröllop, begravningar och julotta, skulle man tro att folk har en ganska liberal syn på religion. Men nu börjar det knorras över de särreligioner som kommit in med immigrationsvågen under de senaste tjugo åren.

Sverige har svårt att acceptera folk som är "annorlunda" trots att landet är ett av de flyktingvänligaste i Europa. Det är som att man älskar att ta hand om folk som man tycker synd om, men om dessa sedan efter all hjälp inte smälter in i folkhemmet stöter man bort dem.

Det är ju inte särskilt kristet, men gudstron har ebbat betänkligt däröver på senare år. Så pass förresten att man helt nyligen ansåg att man behövde en statlig undersökning för att finna ut om det skattebetalda prästerskapet verkligen hade en djup gudstro. Prästerna klarade sig bra mot misstankarna att ha valt yrket av pekuniära skäl. Men församlingsmedlemmarna klarade sig sämre.

För svensken är religion en högst privat angelägenhet. Svenskar som flyttar till Amerika ställer sig därför ofta undrande inför varför grannarna vill veta något så personligt som vilken kyrka de tillhör. Men de upptäcker snart att det kyrkliga livet genomsyrar samhället och att det är tätare mellan "houses of worship" här än mellan pubar i England.

Ibland undrar jag, såsom döpt och konfirmerad svensk luteran, om inte Gud tycker att det har gått lite för långt här över.

Jag tror aldrig att han har avsett att änkans skärv skall gå till Rolex, diamantringar och limosiner till TV-evangelister och peruker åt deras ofta vulgära fruar.

Att en boxare tror på Gud är naturligtvis bra och en moralisk inspiration. Men jag kan inte ens föreställa mig att en kille som slagit en annan blodig kan tacka Gud för det. "Jesus made me do it!" Lika lite kan jag tänka mig att den utslagne tackar Gud för att han var kristen nog att vända den andra kinden till.

Hur Allah ser på det här vet jag inte, men han håller troligtvis samma linje. Åtminstone om matchen går mellan trosfränder.

Jag träffade en mycket rik, men inte särskilt etisk, affärsman för några år sedan och jag frågade honom hur det kom sig att han var så förmögen.

Han svarade utan att varken skämmas eller rodna: "Because God loves me". Jag kunde inte låta bli att svara: "So he must hate the poor." Eller som denne kyrkomecenat tydligen trodde att det kan ju inte gå åt helvete om man skaffar sig förköpsbiljett till himmelen.

Underliga äro förvisso Herrens vägar, men tydligen inte underligare än att folk inbillar sig att det finns sidovägar.

Jag längtar strömmingen

Svensksommaren har kommit med färskpotatis, gräddfil, de första jordgubbarna och gäddan som går från kroken direkt i grytan.

Sätt New Yorks mest sofistikerade matskrivare - de är ju "värst" på det i the Big Apple - på en svensk stugveranda bland björkarna vid insjön och bjud på gräddfil, räkor som inte behöver doppas i nån sås för att smaka något, kokt nyfiskad gädda med pepparrotssås och färsk dillpotatis, jordgubbar och hallon, som smakar som jordgubbar och hallon skall smaka, med riktig vispgrädde och därefter en rejäl svensk kopp kaffe med prinsesstårta. Om han inte saligförklarar den måltiden är han inte värd sina egna fem stjärnor.

Det svenska köket består av enkel rättfram mat. Bland de bästa i världen tyckte Tore Wretman, som skapade Operakällaren, och som hovtraktör satte stekt strömming, kroppkakor och kåldolmar på gourmetmatsedeln. Ofattbart på den tiden, för det var ju "fattigmat"! Strömmingen kostade 25 öre kilot och köptes i tidningspapper direkt från skutorna på Strandvägen. Ingen fiskhandlare mån om sin värdighet förde så billig fisk.

Pyttipanna var en slängrätt, som orörd åkte in och ut på krogarna som matkamoflage för att gubbarna på Saras bakficka och Metropols Trea skulle kunna få sina centilitrar brännvin, som bara serverades under "mattvång." Och på Öfre Östermalm serverades inget så proletärt som Janssons frestelse annat än som tilltugg i vickningen frampå sennatten när kavajerna åkt av. En bjudmiddag varade 6 - 8 timmar och utan midnattsvickning var det ingen riktig middag. Min första kulturchock i Amerika var att man började med att dricka och när man förlorat aptiten, åt man och gick hem.

Den svenska maten har alltid så att säga varit "rakt på sak". Husmanskost har man kallat den. Nåväl, nu har det hedervärda svenska köket äntligen fått sitt internationella erkännande. Svenska kockar har de senaste åren blivit både världs- och europamästare, och Michelin har börjat ösa stjärnor över svenska krogar.

Men de har inte vunnit utan att dekorera lite med ögon-fägnande krusiduller och kryddor, som egentligen inte har där att göra, men fägnar matskrivarna och gör att man tror att det smakar bättre. Det franska köket, oh la la. Det italienska köket, något mindre oh la la. Men för mig har de inte en chans mot en fläsk-kotlett med gräddsås, stekt potatis och lingon!

Ända sedan Frankrikes mästerkockar kom upp med Cuisine Noveau (mindre för mera pengar, nu glömt och begravet) har de fortsatt att laborera för vår ögonfröjd och våra finare smaknerver. Men, ändå, den bästa franska maten får man med en flaska lokalvin på kvarterskrogen. God mat behöver inga konster, bara kärleksfull tillagning. Det italienska köket - och här kommer många av er att knorra mot mig - ser jag mest som fisk och kött begravda i en bukfylla av pasta. Pasta by any other name is still pasta... och därmed basta.

Jag längtar strömmingen, filbunken, gäddan och rensteken, lingonen och hallonen plockade från busken. De är som en Chicagotidnings matskribent skrev nyligen om de svenska bakelserna, "worth to die for."

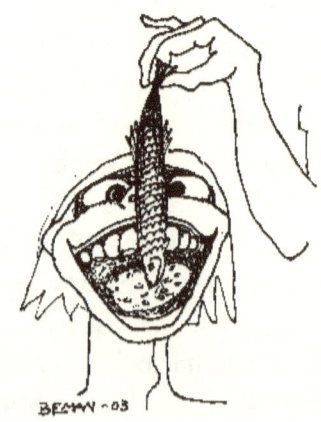

Svensken går med vädret

I Sverige, utan tvekan. När det är som den sommar, som nu varat långt in i september, skiner han, Svensken, som en sol och ser ljust på framtiden.

När det börjar höstruska börjar han av rena vanan att deppa. I november ramlar humöret ner mot golvet, och sedan när det så sakteliga slaskar mot jul, och han traskar till och från jobbet i mörker, tycker han att det är botten och där hamnar också framtidsbarometern. Om det inte vore för att julens kommande fröjder ringer i hans öron, skulle han förmodligen överväga att emigrera nånstans dit kanadagässen flyger.

Men så kommer snön, den härliga snön - inte till jul förstås, för det gjorde den bara när Svensson var barn - men nån gång i januari. (Utom uppe i Norrland kring platser som slutar på "järvi" eller "eå", där den faller från före jul till någon gång före jul).

Men snön är bara bra för humöret så länge den är vit och ligger nånstans där den ska ligga så att man kan åka skidor och kälke. Händer det sen att solen hittar en glugg uppe bland molnen nån timme känns det som en riktig höjdare i sinnet. Smutsmelerad och saltad på gator och vägar är snön ganska värdelös som humörlyftare.

Ni kan knappast tänka er vad en härligt varm och befriande sommar kan ställa till med i Sverige.

"Välsignade sommar," säger regeringen och tittar på sina gallupsiffror, som pekar mot månen (gamle fånen).Inte sedan ruschen på åttiotalet har man sett något liknande. Detta trots att köpkraften dalat till "lökstatsnivå" nånstans i trakterna av Grekland. Sockrad nyligen med en skattesänkning på några hundra kronor i månaden kanske man nu är uppe nånstans i norra Grekland.

Se vad en gallup kan greja så länge svensken trallar på låten "Sommar, sommar, sommar."

Nu går det alltså mot mörkare tider igen och därför kan vi inte vänta oss någon ny gallup på ett tag. Man räknar med den nästa nån gång kring midsommar - förutsatt förstås att det inte regnar.

Höjdarsåpa

Svenska politiker har blivit så känsliga att de skärrar för det minsta. Eller så anonyma att portvakten i Kanslihuset måste fråga: "Förlåt, vilket departement sa du att du var chef för? (Man duar varandra på alla nivåer i Sverige idag. Det är liksom mera folkligt riktigt, vilket det väl är)

Så låt oss prata om dagens såpa (svenska för soap opera) ett tag: Den handlar om Inga-Britt Ahlenius, Riksrevisionsverkets chef, som ser till att allting går riktigt till på departementen....

- Förlåt, vad sa du att hon hette?
- Inga-Britt Ahlenius, Riksrevisionsverkets chef...
- Ja, det hörde jag. Vad är det med henne?
- Jo, hon påstod att Bosse Ringholm...
- Vem då?
- Bosse Ringholm, finansministern...
- Åh tusan, heter han Ringholm. Jag trodde han hette Persson för den han pratar alltid om skatter.
- Persson är statsminister, dumming. Jo, nu säger alltså Inga-Britt Ahlenius, - Riksräkenskapsverkets chef, att Bosse Ringholm, finansministern, spelat in en tejp på hennes bandspelare där hemma och uppmanat henne att ljuga i en anställningsfråga. Men när hon spelar upp tejpen på en presskonferens, säger dom som råkar känna Bosse Ringholm, att att det inte låter som Bosse Ringholm.
- Vem låter det som då?
- En vän till Inga-Britt, en teaterchef. Vad han heter kan göra detsamma. Ganska ointressant kille.
- Så den där Inga-Britt Ahlenius ljög alltså?

- Det kan man lugnt säga. En riktig bo bo.

- Och den där finansministern, Ringholm, vad sa han?

- Han blev så skärrad att han bums stack från ett viktigt finans-möte med IMF i Washington och tog snabbflyg hem.

- Varför det?

- Han var skärrad.

- Av vad då?

- Av att någon, den där Inga-Britt Ahlenius, sa att han gjort något som han inte gjort och sen sa att han inte gjort det.

- Så du menar att han lämnade finansdiskussioner med IMF för att störta hem för att förklara att han inte gjort något som alla redan visste att han inte gjort? Varför då?

- Jag sa ju att han var skärrad av att inte ha gjort något.

BEMAN - 03

En Svensk tiger...

Förvisso gör han det. Denna gamla slogan från andra världskriget ligger kvar i luften i Sverige. Förra veckan när jag skrev att svensken blivit en foglig bit i det politiska mönstret, var det några läsare, som påminde mig om att trots allt är Sverige "frihetens stamort på jorden" och att jag skulle inte försöka att snacka bort det. Det gör jag inte heller. Jag bara undrar varför man finner sig så "dumligt" i all byråkratisk manipulation. Anledningen är naturligtvis att i Sverige finns ingen riktig gräsrotspolitik genom vilken man kan lufta sina känslor och påverka beslut. Medborgarna röstar på riksdag och kommunstyre vart fjärde år och dessemellan *tige man i församlingen*. Fyra år i taget har de inte knäpp att säga.

"Svenskarna är förmodligen världens fogligaste och mest lättstyrda folk." Inte mina ord. Herman Lindqvists i Aftonbladet, en tidning som står regeringen mycket nära. "Sedan stora daldansen 1748 har det varit lugnt i Sverige, med undantag av en och annan 'folkstorm' mot något enstaka tv-program," skriver han. "Ibland kanske en och annan kaffekopp klirrar då en näve slås i köksbordet."

Hur upprörd kan en svensk bli? Så upprörd, enligt Lindqvist, att han kan gå ut och sätta en protestdekal på bilen. Men då är också ilskan på gränsen till hjärtinfarkt.

Det är en sak att vara tolerant, en annan sak att vara foglig. Foglig har släktdrag med dumhet. Nu har de så kallade - och jag betonar så kallade - vise männen och kvinnorna, i svenskt styre beslutat att postkontoren i landet är olönsamma och måste läggas ner tillsammans med lantbrevbäreriet. Istället skall alltihop privatiseras. Att glesbygdsposten i Sverige går med förlust är ingen nyhet och inte lär den bli lönsammare i privata händer om nån över huvudtaget vill ha den. Och vad säger Svensson om det hela? Han muttrar "det är väl inte mycket att göra åt beslutet." I statsminister Göran Perssons sektor sjunger man minsann inte den gamla stolta postvisan "Jag är en lantbrevbärare, jag går i snö och is, och intet är mig kärare än gå på detta vis."

Är svenska folket så dumfogligt att de finner sig i detta grymma spel med glesbygdens folk? Och det finns mer glesbygd med folk i Sverige än någon annanstans i Västeuropa (Möjligtvis undnatagandes Finland, där man inte tror svenskarna är kloka i det här)

Och vad säger Postens eget folk, nu när tusentals av dem står inför att få sparken? Ingenting, för det är ju, som sagt, inget man kan göra något åt. Överallt annars i Europa skulle det bli uppror. Men inte i Sverige för en svensk tiger - tiger.

Termiter i svenskt virke

Det här skriver jag efter att ha fått en e-mail från en lika mångårig som trogen läsare uppe i norr. Hon tycker att vi krönikörer i tidningen Nordstjernan gnäller lite för mycket på Sverige. Kanske det kan tyckas så ibland, när vi granskar landet vi har i våra hjärtan och märker hur en ny världsstruktur kombinerad med ett par decennier av handlingsfattig svensk politik gröper ur den stolta välfärdsstaten likt termiter i en träkåk.

När man bott riktigt länge i Amerika - kanske trettio år eller mer, som antagligen en mycket stor del av våra läsare - är det Sverige man kommer ihåg, det Sverige man en gång lämnade.

Det var en välfärdsstat av idogt arbetande människor där skatterna såg till att ingen kunde bli riktigt rik, men heller ingen riktigt fattig. Sverige var den ideala medelvägen, förebilden för Europas liberala och socialdemokratiska partier och manifesterad i nationalekonomen och nobelpristagaren Gunnar Myrdals "Sweden, the Middle Way," som blev något av en bibel för efterkrigstidens ekonomistuderande och inte minst i USA.

Vi som "as breadwinners" emigrerade till USA för länge sedan måste haft skäl att lämna ett sådant samhälle. Eller hur?

Efter de många goda åren efter WWII hände något som var ofrånkomligt.Krigsländerna började knapra på det industriella försprång som Sverige haft och landet tjänade inte lika mycket pengar längre. För att bibehålla välfärden fick man låna utomlands och höja skatterna. Folk i allmänhet märkte väl inte mycket av det. Tjänade de 30,000 kronor fick de 21.000 över. Men den som tjänade t.ex. 100.000 fick bara, som i mitt fall, 19,000 i handen.

Sverige släntrade in i ett ovänligt företagareklimat, påpiskat av fackföreningarna, och med initiativdödande höga skatter - de högsta i världen. Det blev nästan fult att vara direktör för ett eget företag. Det dröjde ända in på åttiotalet innan det blev bättre och regeringen började flirta med småindustrin efter att ha insett att det faktiskt var den som höll ihop samhället. Sverige var inte bara Volvo, Scania, SKF och Asea. Sverige var också verkstäderna i Gnosjö, Anderstorp, Bengtsfors och Kvarnsveden.

Samtidigt som man på politiskt håll upptäckte att det var hög tid att greppa om den svenska ekonomin tycktes regeringen stå rådvill inför en ny global världsbild. Allianser har ju aldrig stått på den svenska neutralpolitikens meny, det vet vi alla. Av stolthet, eller av medfödd envis individualism, eller lika delar, vill svensken klara sig på egen hand.

Det är faktiskt inte mer än något år sedan, på tal om EU, som statsminister Göran Persson sade något i stil med att "vi klarar oss bra utan de där gubbarna." Nu har det ju inte gått vidare bra förstås. Nog känns det lite tjockt när landets statsminister nu officiellt lockar utländska industriinvesterare med de låga svenska arbetslönerna sedan kronan rasat i botten ner till trakterna av Medelhavet. Sverige låglöneland? Nordens Portugal?

Det är klart att ingen av oss gillar att höra talas om det - men så är det. Och skriver man om det i svenska tidningar så finns det ingen anledning att hemlighålla det i Nordstjernan bara för att läsarna ska känna sig bättre.

Sverige är fortfarande lika vackert, lika trolskt en sommarnatt i skärgården, lika dundrande härligt som Avestaforsens brus och lika idylliskt som den röda stugan vid hästhagen. Det är den bild vi "gamlingar" bär av det svenska barndomshemmet i minnenas ryggsäck. Hur kan man annat än älska det landet? Därför gråter vi över det ibland när vi märker hur de politiska termiterna ger sig på det svenska virket.

Törnen i näsan...

Jag fick lite funderingar efter ett prat jag hade i veckan för en skara juniorer från Svenska Handelskammaren i Florida. Det är nyttigt för en gammal stöt att slippa iväg från sitt eget generationsumgänge och umgås med framtiden en stund, om än aldrig så kort.

Vad jag hade att säga var väl inte särskilt märkvärdigt jämfört med all den skriptade visdom lärde män fyller dem med på deras väg mot examina.

När jag stod där och tittade på dem förundrade jag mig över att jag själv verkligen en gång, på riktigt, varit lika ung, lika full av inlärdhet och lika entusistiskt spänd i startgroparna.

Tyvärr glömmer vi så småningom hur det är att vara ung, den mest underbara och fysiskt produktiva tiden i våra liv, som vi lämnar alltför snabbt för krassare mål. Det är väl meningen att det ska vara på det viset. Världen behöver ju ständig påfyllning av folk, som kan hålla ruljangsen igång.

Vad jag pratade om?

"You can't smell the roses close without risking thorns in your nose".

Det är klart att man kan leva ett förnöjt och lyckligt liv genom att hålla vettig distans till rosorna. Men det är väl inte därför superambitiösa svenska ungdomar ger sig till Amerika för att studera. De är här för att de vill bli något förmer.

Jag såg ut över ett stycke svenskt framtida ledarskap. Om 15-20 år - och ni vet hur fort det går - har dagens alla höjdare i svenskt näringsliv - Barnevik, Moberg, Dahllöf, Treschow, och vad de nu heter - försvunnit, och här framför mig satt de som skall ta över. Boklärda går de nu ut för att skaffa sig erfarenhet och klättra - en del högre än andra. De kommer alla att uppleva både framgångar och bakslag. Det gäller bara att hålla proportionerna i schack. Hälften, så säger statistiken, kommer att slitas i skilsmässor, försumma familjen för karriären och aldrig komma ifrån den där lilla tanken på "om jag bara hade..."

Med andra ord, de kommer att bli väsentligt likadana som du och jag och dem före oss, bara lite modernare, liberalare, bättre tekniskt utrustade, globalt tänkande o.s.v. Vilket får mig att plötsligt parafrasera på visan "När skönheten kom till byn, då drog vettet sin kos." När framgången blir stor, drar förnuftet så lätt sin kos.

Tänk på det, sade jag, att där uppe på toppen är sunt förnuft alltför ofta en sällsynt vara. Eller som Winston Churchill sade en gång: "Stora män gör stora misstag."

Det är väl därför alla, från Bill Clinton till Mona Sahlin, fått så många törnen i näsan.

Funderingar kring storhet

(eller vi vill inte ha något Wal Mart i Strängnäs)

"Världen är så stor så stor,
Lasse, Lasse liten.
Större än du nånsin tror,
Lasse, Lasse liten."

Jag har aldrig blivit riktigt klok på det där med att mycket blir mycket bättre bara det blir mycket större. Fast jag är förstås varken pappershandlare på Wall Street eller multinationell megadirektör.

Kanske Astra behövde Zeneca för att trilla bättre piller. Kanske Volvo och Saab behövde Ford och GM för att rulla vidare. Men behöver Time Warner och AOL varandra? Sällan. Bolag som länge nog också ansetts stora nog att ta vara på sig själva slår sig nu samman, uppenbarligen av ingen annan anledning än att bli störst.

Att det har mycket att göra med megadirektörernas ego föreställer jag mig. De är lika små i sin storhetsiver som prestigedjävulen i en person som slåss för att bli ordförande i en condo association på Miami Beach.

"Stenen, elden, metmasken - tre trappsteg till Rockefeller," skaldade poeten Nils Ferlin en gång. Prestige, makt, image - tre trappsteg i dagens "rockefelleriana".

Vi tar de stegen, eller snubblar på dem i vår ambition att bli större och värre. Men det är sällan frågan om vad som är bäst för helheten utan vad som är bäst för oss som individer - ställningen, lönen, förmånerna, fallskärmen. Hur väl (eller snarare, illa) demonstrerades det när sammanslagningen av telefonbolagen Telia och Telenor gick i graven på grund av personliga motsättningar, arrogans och avundsjuka. Jag tänker mig att liknande scenarier utspelas lite varstans just nu i en värld, som enligt USA Today är besatt av ett otroligt klimat för sammanslagningar och uppköp..

Vad gör man om man redan är störst i världen? Försöker bli ännu större förstås. Som Wal Mart. Enligt den nya verkställande direktören Lee Scott ligger en lysande framtid och väntar utanför Nordamerikas gränser, i länder som t.ex. Tyskland, England, Frankrike och, ja just det, Sverige.

När Sam Walton kom på idén att förse småstäder med stora varuhus slog han också effektivt ihjäl butikerna på Main Street. Ger sig Scott på Europa, där man fortfarande har en hälsosam blandning av stort och smått, kan intrånget ha en förödande inverkan på den lokala handeln utanför storstäderna. I Sverige skulle det slå stenhårt mot samhällsanpassade varuhuskedjor som Obs och ICA och lokala shoppingcentra. Konkurrens på lika villkor skulle flyga ut genom dörrarna. I Frankrike, där man alltid varit bra på att protesterna mot amerikansk marknadsföring skulle det bli rena folkstormen säges det om man släppte in Wal Mart. Men ni vet hur det är.Har man väl lyckats få in en Wal Mart-anläggning får man också in folk. Så skulle säkert ske också i Södertälje, Mariefred, Strängnäs, Västerås och Luleå - och bevare svensk handel för det!

Ibland tycker jag nog att världen inte borde vara så stor...

Nolltolerans om bakfoten

Att man har ett immigrantproblem i Sverige, liksom i så många andra västeuropeiska länder, är inget att hyckla med. Men man gör det.

Svensken har aldrig varit särskilt immigrantvänlig. Minns när man sparkade ut något tusentals ester som kom flyende undan nazistockupationen under andra världskriget. Lite isolerat där uppe i norr hade man liksom inte grepp om hur man skulle se på utlänningar som ville in. De var ju så annorlunda. Det mest "utländska" man konfronterades med var norrbaggar och finnar.

Så började industrier som Volvo och Scania att importera arbetskraft från Balkan och Turkiet. På arbetsplatserna hade man inga problem, men det blev bråk i folkparkerna när de utländska jobbarna stod i klungor och spanade in hemmaflickorna. Och så hade man problem ute på stan, som till exempel när en servitris på ett konditori i Södertälje sade till mig:

"Dom kommer in här tio turkar och beställer fem läsk, och sen sitter de här i flera timmar utan att beställa något mer."

Det var uppenbart att hon inte gillade dem.

Med åren försvann problemet enligt samma princip som i Kina. Den som flyttar till Kina blir förr eller senare kines.

Men nu har problemet återuppstått och frågan är om alla de hundratusentals som kommit, mest som flyktingar, kan bli "kineser", eller "nya svenskar" som man vill kalla dem i jämställdhetens tecken.

Det har blivit riktigt känsligt i Sverige att kalla en spade för en spade när det gäller folk som kommit från andra länder och

kulturer. Så man har lagt problemet i händerna på ett jämställd-
hetsdepartement vid sidan av den ständiga frågan om lika lön och
arbetspositioner för kvinnor.

Samtidigt som man lägger fram lagförslag om nolltolerans för
rasism, brottas man med hur man skall undvika att peka ut krimi-
nella immigranters ursprung. De stackarna kan ju ta illa vid sig.

Vi människor är ju inte alla, tack och lov, lika som bär, men i
det officiella Sverige är nu alla samma bär.

Det fick ett polisbefäl i Malmö erfara på bekostnad av sitt
jobb härförleden, när han i en intern efterlysning beskrev ett gäng
nattliga innerstadsrånare som negrer och araber. Jisses, vilket liv
det blev ända upp i ministeriet.

Jag vet inte, men neger kanske inte låter så bra på svenska som
översättning av negroe som i här högt aktade Negroe College och
Negroe College Fund. Och inte är det väl rasistiskt att tala om
Saudi Arabien eller Förenade Arabrepubliken.

Noll tolerans mot rasism får ju inte betyda att man tassar så
mjukt med kriminella element att en polis får sparken för att han
beskriver dem, som han ser dem i en efterlysning. Borde man inte
ha samma nolltolerans mot de kriminella element som krupit in
i Sverige på ryggen av den mångfald av mestadels duktiga araber,
iranier, turkar och, ja, negrer, som förtjänar att kallas "nya svenskar"?
Eller har jag fått det hela om bakfoten?

Vi Svenskar

Ni vet hur vi svenskar är. Inga stora åthävor. Vi träffas nån gång då och då och delar på nyheter och erfarenheter. Vi släpper loss lite när det är kräftor på fatet, men inte mer än att vi kan köra hem. Är där en hurricane vid horisonten delar vi sovsäcksgolv i något hus inne i landet.

När faran, festen eller vad vi nu har träffats för är över, säger vi "tjänare" och återgår till jobbet och vardagsrutinerna. Det kan gå både en månad eller två innan vi ses igen.

Sen plötsligt blir någon (i det här fallet jag) allvarligt sjuk. Och lika plötsligt står de där, hjälpande, stöttande. Och jag undrar vad jag gjort mer än träffat dem för att förtjäna denna vänskap.

Mycket kanske ligger i att vi vet var vi kommer ifrån och hur vi kämpat oss till där vi är. Ingen av oss har fått något till skänks, och det är väl liksom det vi delar på. Att jag är vid liv idag - och jag lovar att detta är sista krönikan i vilken jag tjatar om det - beror naturligtvis på medicinska under och min egen vilja att leva, även om jag fick gräva djupt för att finna den.

Men lika mycket beror det på dessa vänner, som med andlig och fysisk styrka lyft mig tillbaka in i livet, inte tillåtit mig att tvivla för ett ögonblick.

De har fyllt långa kvällar med sällskap. De har kört min rullstol, fyllt mitt kylskåp, tvättat mina sår och kammat mitt hår.

Om det inte vore för Eva och Staffan, Pär och Kersti, Tim... hade jag inte suttit vid datorn idag, för de skänkte mig kraften att återgå. En man är rik som har sådana vänner.

Full rulle, "courtesy the police"

Det är med poliserna i Sverige som det är med lärarna och sjuk-
sköterskorna.

De fattas, för det fattas pengar. Då frågar sig "Man av Rättvisa" som
han brukar kalla sig i insändarspalterna vad man egentligen får för
de everest-höga skatterna.

Det kan jag svara på. Man får köra hur fort man vill. Nåja, får
och får... Det finns i varje fall ingen polis som sätter fast en. Just
nu är de dessutom på semester.

Allt som allt fattas över 3000 poliser i Sverige. En allvarlig
brist som förvärrats av att man av budgetskäl avskedat hundratals
civilanställda som skött pappersexercisen på polisstationerna.

Men nu frågar sig "Man av Rättvisa" igen varför man sätter
trafikpoliser bakom skrivbord i stället för att låta dem kamma in
böter att betala civilpersonal med. Men si det är liksom en bud-
getfråga på vilken man inte kan vänta sig något intelligent svar.
Det rör sig här om en annan budget och man får inte blanda ihop
begreppen, det vill säga pengarna.

"Men skulle man inte kunna få lite hjälp av frivilliga, som man
gör här i Fort Pierce, Florida" sa jag till min besökande dotter från
Dalarna.

"Du är inte klok," sade hon (och det kanske jag inte är) "Det
betyder ju att man tar jobbet ifrån någon."

"Du menar att man tar jobbet från någon som inte har det,
inte finns och inte kan få det?"

"Just det. Man får inte bolla med svensk anställningspolitik."

Polisens knappa personalresurser knyts till stor del upp med den tyvärr växande mängden av våldsbrott i Sverige. Det finns inte mycken tid eller många poliser kvar att sätta fast fartsyndare med. Då och då gör man ett PR ryck med fartkontroller för att visa allmänheten att man finns där. Men de kontrollerna redovisas nogggrant i förväg i Aftonbladet. Det bidrar liksom till att minska arbetsbördan vid kontrollerna och få den mer i paritet med tillgänglig personal. Det största rycket är emellertid festplatsbevakningen under midsommarhelgen efter vilken man redovisar hur många fyllon och slagskämpar man arresterat från Ystad till Haparanda. Häftigt, som man säger i Sverige.

Men nu är det semestersommar och då ser man ännu mindre röken av poliser på vägarna. De har ju också semester.

"Stationen hemma hos oss har helstängt till den 7 augusti," sade min dotter.

Om det inträffar färre olyckor i år på vägarna än förra året så beror det inte på polisen utan på bensinen. Den är så svindyr ($4.25 gal.) att folk inte har råd att ligga ute på vägarna. Och folk på landet har snart inte råd att bo där längre.

Min dotter och hennes man som jobbar hemma i By Kyrkby utanför Avesta måste till posten då och då och till köpcentra någon gång i veckan. Deras bensinräkning går på 35000 kronor (ca $4000) om året! Vet ni vad hon sade när vi tankade här en dag?

Herregud, ni kör ju nästan gratis!"

"Jo, men vi åker fast desto mer i stället."

Svenskhetens bevarande

För svenskhetens bevarande i själ och hjärta stack jag till Sverige i mitten av augusti sedan regnen slutat och allt var sig mera likt som jag vill ha det.

Jag kom hem för en stund sedan, ställde väskan vid dörren och hörsammade chefsredaktörens dead line hot att sätta mig på undantag om jag inte satte mig vid datorn. Så när jag skriver det här är mina intryck färska och opåverkade.

Svenska folket sett ur ett stockhomsperspektiv kan indelas i tvenne kategorier: dem med och dem utan ryggsäck. De med ryggsäck tycks alltid ha bråttom från någonstans till någon annanstans medan de oavbrutet talar i mobilen. De utan ryggsäck har oftast svart kostym (respektive dräkt) ljusblå skjorta och öronpropp för mobilen så att de har händerna fria att på gående fot bläddra i papper.

Synintrycket är ett ungt, intensivt och förhoppningsvis effektivt samhälle. "Gammalt folk" ser man inte mycket av på gatorna sedan de lagts i pensionärslunten vid 65.

De sitter antingen hemma eller har flyttat till Spanien.

Alla ser så fruktansvärt friska och spänstiga ut.. Jag såg inte ens en tio kilo överviktare förrän jag kom till flygplatsen i Miami och sade till mig själv "jisses, vad mycket tjocka människor."

Det var tyst i bilarna. Ingen vibrerande boom boom rock från grannen vid rött ljus.. Vilket beror på att min tjugoårige sonson och hans kompisar av kostnadsskäl inte förmått att ta körkort ännu. Och de som har lyckats kan knappast hoppas på att få låna farsans bil med bensinen kring fem dollar per gallon. Det kostar mellan

$1,500 och $2,000 att skola sig till ett körkort i Sverige idag. Där gäller det inte bara att svara på lite trafikfrågor och visa att man kan fickparkera. Teorin ser ut som ett studentexamensprov – till bilskolornas ekonomiska förnöjelse.

Flykten från landsbygden till de större städerna är märkbar och märklig. Våningsbristen i Stockholm är sådan att min son-dotter, som köpte en enrummare med kokvrå inom Malmarna för 65,000 kronor för bara tre år sedan sålde den i våras för två miljoner! Samtidigt river ägarna hyreshus i städer som Avesta för att de inte kan finna hyresgäster.

Fast stugor på landet går åt. De som en gång flyttat till storst-aden behöver ett andningshål när sommaren slår till. Och om den inte gör det kan man ju sticka till Kanarieöarna för mindre än det kostar att ta sig över Öresundsbron. (Nästan)

Sensommarens stora nyhet var den en gång som statsminister påtänkta Mona Sahlin. Hon gladde tabloiderna i veckor med sin senaste abrovinkel.

Nu var kronofogden på henne med skattefusk. Och när man mjölkat den historien på sidorna följde hon omedelbart upp med en ny privat kreditkortsgrej på regeringskontot.

Hur tror ni svenska folket reagarade? Nästan hälften hejade på henne - en tjej som hade samma problem som de själva med skatter och ekonomi."Stå på dej Mona, låt inte fogden trakassarea dej!" Ungefär samma popularitetsväckare som kommunistledaren Gudrun Schymans kamp, från och till, mot alkoholismen

Förunderliga är popularitetens vägar minsann.

Full(t) oskyldig

Tingsrättslokal någonstans i Sverige: "Välkommen, välkommen bästa anklagade. Jaså, verkligen, du var så stupfull att du inte hade en aning om vad du gjorde. Men kära nån då, i sånt omtöcknat tillstånd kunde du ju inte ha varit ansvarig för att du nästan slog ihjäl honom. Kom igen nån annan gång när du gjort något du kommer ihåg".

Jag trodde först att det var ett skämt när jag härförleden läste att en kvinna blivit friad från rattfylleri för att hon hade varit så full att hon inte ens visste att hon satt i en bil.

Men så skickade mig läsaren Len Hallke den här biten ur Aftonbladet (som ju inte precis är nån skämttidning) under rubriken "Hon var för full - frias från knivdåd":

"Kvinnan var så full att hon inte visste vad hon gjorde. Därför frias hon - trots att hon med sin kniv var nära att döda sin manlige bekant".

Det var under en fest i Lund som den 48-åriga kvinnan hamnade i bråk med en av de manliga festdeltagarna. Kvinnan fick då tag på en kniv och högg honom i bröstet och i ryggen.

"På grund av sin kraftiga berusning måste hon ha haft mycket svårt att tänka och handla rationellt i denna situation,' konstaterar tingsrätten."

Jag frågar mig bara vem som var ansvarig för att hon var full som en alika.

För att spinna vidare på det svenska rättstemats outgrundligheter har jag läst att livstidsfångarna (av vilka någon rymmer då och då under permission på hedersord) har bildat en intresse-

förening, som kräver tidsdefinition av livstidsbegreppet. För länge
sedan satt de där de satt. Längre fram satt de 21 år. För närvarande
lär de sitta så där en tolv år.

Nu kräver Sveriges värsta förbrytare, som nästan alla sitter på
Kumla-anstalten, en tidsbestämd lika tid för alla, i bästa jämställd
fackföreningsstil.

Eftersom staten tycks kräva tolv, kontrar väl mördarna med
åtta och så enas man om tio. Sverige är ju sådant - ett förhandlings-
land i vilket demokratin kräver ett resultat som kan accepteras av
bägge parter.

Så nu har de börjat rumla i Kumla och svenska folket är fän-
gslat av vad som är rättvisa.

BEMAN
-04

Hälsa(n) dem där hemma

"Arbete befordrar hälsa och välstånd." Nåja, det där med välstånd är förstås lite tvistigt. "Ännu har ingen dött av arbete och frisk luft"

Två ordspråk präntade för det kärnfriska, strävsamma svenska folket. Ett professorsgäng på Karolinska Institutet i Stockholm skriver under på det. De har forskat fram att de, som arbetar mest, också är friskast.

Professor Torbjörn Åkerstedt säger att studien visar att de som jobbar mycket övertid mår bättre än de som jobbar heltid. Sämst mår de som bara arbetar på deltid. Övertiden ger inga som helst negativa effekter såvitt den inte kopplas ihop med belastande situationer.

Man får väl förutsätta att forskarna på Karolinska, som i alla fall delar ut Nobelpriset i medicin, kan lite mer om det här med arbete som hälsovårdare än till exempel Gudrun Schyman och hennes kollegor på Helgeandsholmen. De friskar just nu på med förslag till kortare arbetsvecka och längre semester. Som om inte fem veckor vore nog!

Vänsterpartiet, som i dagarna gläds åt att den gamla Lenin-Stalinistiska kampsången Internationalen återinförts som rysk nationalsång (gubevars med ändrad text) vill korta arbetstiden med en timme om dagen. De vet att sådana förslag slickar väljarna i sig som glasspinnar. Och det vet socialdemokraterna också. Så i stället för att bara avfärda Vänsterpartiet, kontrar sossarna med en extra semestervecka. Man har liksom inte råd att sätta Gudrun den Röda på pottan och riskera hennes partis röster med vilka statsminister Göran Persson sitter kvar på taburetten. Någonstans delar säkert de två på glasspinnen.

Och skall man nu lita till, eller dra konsekvenserna av, "karo-
linernas" forskningsresultat, så står alltså svenska folket i gemen
inför ett försämrat hälsotillstånd. Det kan naurligtvis bara lindras
av att folk arbetar ännu mer på övertid och skänker den extra se-
mesterveckan till någon kollega som släpar på sådana "belastande
sidoproblem" att det enda han egentligen duger till är att stanna
kvar på Kanarieöarna.

Har ni bilden? Sex veckors semester, jul- och nyårsledigt,
påskledigt, pingstledigt, skidledigt (!), Kristi Himmelsfärdsdag
(med extra klämdag), Första Maj, minst tre sjukdagar, pappaledigt,
mammaledigt (har jag glömt något?)

Det verkar som om Karolinska Institutets forskargrupp snart
ledigt skulle kunna klassificera hela svenska folket som deltidsar-
betande - med tillhörande konsekvenser..

Slow motion inom hockey

Svensk världshockey föddes på femtiotalet i Djurgårdens rink på Stockholms stadion. De som tände hockeyfebern var Roland Stoltz, Lasse Björn och Sven Tumba. De var de tre kronorna i Tre Kronor som sedan åkte till Ryssland och blev världsmästare.

Rolle Stoltz gick bort häromdagen efter att ha gjort nedsläpp inför tredje perioden i Globen. Svårt cancersjuk borde han inte ha gjort det, men "man håller vad man lovar."

Troligtvis har du aldrig sett Rolle spela eller kanske ens hört honom som radiokommentator tillsammans med Lars Gunnar Björklund under senare år. Men han är ändå ett namn, som du, om du är det minsta idrottsintresserad, bör veta lite om.

Sverige har haft många hockeystjärnor med mer lyskraft än Stoltz, men få mer kraftfulla eller med större profil. Få sådana kämpar, lagspelare och slitvargar. Lite långsam i skäret var han kanske, men alltid bryt- och passningssäker. Någon skrev att Rolle Stoltz var slow motion innan han kunde stava till begreppet. "Vindsnabba forwards trodde ofta att de hängt den gamle flintskallen någonstans vid den blå linjen, men i det avgörande momentet var plötsligt hans klubba där igen."

Roland Stoltz spelade 218 landskamper för Tre Kronor. Det säger ju något. Sedan satte han sig bakom mikrofonen bredvid Lars Gunnar Björklund och underhöll svenska folket med sitt "södertugg" och sin obotliga optimism. "Visst är vi 9 - 0 i baken, men gott folk det är inte över ännu. Vi har sju minuter kvar att fixa det på."

Roland Stoltz lärde sig åka skridskor på sjön Trekanten. Han spelade hockey för Gröndal i division tre strax nedanför köksfönstret där hemma. Hans första långresa var tvärs över stan till Djurgården. Hoppas du åker skrillor med resten av grabbarna, var du än är.

BEMAN-03

Min egen virtual reality

Det är en vindstilla seneftermiddag, molnfritt och lika varmt i poolen som i luften, 82 grader. Det känns särskilt tacksamt sådana här dagar när tornados river upp Dixie och snön stänger vägar och skolor uppe i norr.

Jag har gått ner och satt mig på långbryggan längs kanalen för att titta på vad några manatees (sjökor) har för sig medan de lufsar omkring där nere. Och snart, om en liten aftonstund eller så, flyger pelikanerna in från fiskandet i Indian River Lagoon och tar tillbaka stampålarna som fiskmåsarna haft djärvheten att låna under dagen. Men bara de ser pelikanflocken på avstånd tar de skrikande till skyn.

Då och då behöver jag den här bryggstunden - uppleva lugnet och harmonin i avskildheten. Bara sitta där ensam någon timme utan att göra något annat än kanske plocka fram litet minnen värda att "mumsa på" ett tag och samtidigt ge verkligheten en kick i baken, eller i varje fall skjuta upp den tills i morgon.

Det ligger en cirka 30 fots båt en bit bort. Jag har märkt hur ett äldre par dukar upp middag med levande ljus ombord varje lördagskväll och sedan uppenbarligen tillbringar natten i kajutan. Under tio år har jag aldrig sett båten lämna hamn. Det är väl inte därför de har den. Inte för resan utan för målet.

Jag kände en familj i en liten stad i Nebraska för länge sedan, som haft en A-Ford uppställd i hallen sedan 1931, medan de cyklade till jobbet. Jag är säker på att de mången gång satte sig i bilen i hallen och körde på inbillade vägar, skapande sin egen virtual reality.

För mig är någon timme i ett hörn på bryggan vad jag laddar batterierna med och ger mig livet åter, på gott och ont, som det är och inte som en underhållande reality.

Brännas de som brännas bör

Sverige har plockat åt sig mycken uppmärksamhet och lov i världens stora affärsmedia sedan landet började få snurr på ekonomin i början av nittiotalet under en kortvarig men effektiv borgerlig regering.

Nu har Forbes Magazine slagit upp en stor artikel om Sverige som en stark och ovanligt internationell miljö "booming with entrepreneurial activity".

Finansminister Bosse Ringholm tar förstås åt sig hela äran av det, för han vet inte bättre, medan handelsminister Leif Pagrotsky bidrar med att han alltid har sagt att kapitalism kan frodas i en socialdemokratisk miljö. "Om det är kätteri, så kan ni bränna mig på bål".

Pagrotsky har rätt förstås, men inte av den anledning han tror. Kapitalismen har alltid groggat fint med socialdemokratin i Sverige. Men inte den kapitalism och det entreprenörskap som handelsministern talar om, för se de har varit främmande från sossarnas själ.

I det Sverige som växte fram under 50- och 60-talet gick storkapitalet och arbetarrörelsen hand i hand. Finansministern, och förre muraren, Gunnar Sträng bröt bröd med Marcus Wallenberg. Mycket kunde inte ske i svenskt näringsliv om de två inte kom överens.

Det var storartade dagar för Sandviken, Volvo och Stora Kopparberg och för alla fackföreningsanpassade skattebetalare. Men det var helsickes dagar för Svensson att tjäna något på sitt plåtslageri i Emmaboda och Andersson på sin verkstad i Gnosjö. (Och för mig som drev annonsbyrå i Stockholm). Entreprenör var ett fult ord för ambitiösa småföretagare, som lurade staten på skattepengar genom att skriva bilen på bolaget och kalla semesterresor för affärsstudier. Ett företag måste ha flera hundra anställda och fackföreningsgubbar i styrelsen för att anses vara ett hederligt företag. En storföretagsledare kunde ta med sig obegränsat kapital för en affärsresa. En småföretagare på väg till en mässa kunde kanske tillåtas femtusen kronor i utländsk valuta.

Sverige var en blomstrande socialdemokrati för storkapitalismen och samtidigt Europas mest småföretagsfientliga och högskattade land. Under de åren började de första högskoleutbildade yrkespolitikerna ta över från den gamla arbetarstammen inom partiet. Palme i täten.

Nu är EU på Sverige om att sänka skatterna som ligger högst i Europa och få ned dem till en rimlig nivå. Men se det blir inte lätt för Sverige och ingen inom regeringen är särskilt angelägen. De har svårt att erkänna att den grå ekonomin har landet i ett järnhårt grepp idag. Bilar, båtar, hus och golf nånstans på kontinenten kan knappast betalas med de 40% som blir över på lönen efter skatt. För att tro på det måste man nog vara minst finansminister.

Nåja, en del trivs briljant. EF-ägaren Bertil Hult, som renoverar en våning för 15 miljoner på Strandvägen i Stockholm och nyligen flög in 400 gäster på födelsedagskalas tycker att "Sverige inte alls är så tokigt att bo i som entreprenör, särskilt om man kan leva på realisationsvinster som taxeras hyggligt i Sverige".

Nu gäller det för handelsministern att se till att ingen tänder den där brasan under honom.

Ormen och paradiset

Ormen må ha gjort slut på paradiset för Adam och Eva, men idag är det liksom tvärtom. För när "vi" söker våra små personliga paradis här i Florida kör vi ut ormarna meter för meter av bulldozade buskage. Fast då och då tycks det finnas nån som vägrar ge upp. En sådan lade sig tillrätta i vårt badrum en dag när min fru tog ut tvätten.

Medan jag haft ormskräck sedan en huggorm bet mig i stortån som grabb hade min hustru en något missriktad (i mitt tycke) beundran för den syndfulla smidigheten i en orms glid.

Så när hon ringde mig till kontoret en dag och skrek att det var en orm i badrummet så blev jag inte särskilt skärrad .

"Ring brandkåren," sade jag, hängde upp och skyndade ut till bilen för att åka hem för man lämnar inte sin fru med en orm om än aldrig så liten.

Hon ringde brandkåren och på kvinnors vis började med att tala om att jag hängt upp på henne och känslolöst riskerat livet på hennes pyttelilla hund som låg i korridoren och tittade på ormen.

När jag sladdade uppför infarten packade brandmännen just sina prylar. På golvet i badrummet, vars dörr hade varit öppen mot trädgården, fann brandmännen en sex fots skallerorm. De stelnade till, tittade på varandra och beslutade att lämna ormen åt yngste man. Man satte på honom stövlar och oljeställ och efter att ha sprutat brandskum på ormen svängde han brandyxan. Skinnet garnerat med tre centimeters gifttänder pryder idag väggen på brandstationen i Ocala.

"Vi hade kunnat vara här mycket tidigare, sade brandbefälet, men när folk ringer om ormar så är det nästan alltid om små snokar som kommit in i rabatterna. Hade vi vetet om den här hade vi varit här inom fem minuter."

Dagen därpå berättade en fyrspaltig rubrik på Orlando Sentinal's första sida: "Rattler rattles housewife".

Från Winn Dixie till hårfrisörskan, från postkontoret till banken, min hustru förblev veckans lokalturnerande berömmelse.

Sedan sade någon att skallerormar kommer två och två och att vi borde se upp för just då flydde djuren från ett stycke vildmark undan en byggare. Vi tog in katterna och höll jycken i band.

Så gick det några år och jag flyttade till ett strandbälte där man borde ha byggt nog för att ha avfärdat vildmarken.

Jag gick ut och hämtade posten och lämnade dörren på glänt. Efter en stund när jag satt och öppnade posten kände jag något smekande tungt mot mitt ben. Jag trodde det var grannens katt. så jag bad min son Peter att köra ut den.

"Jag ser ingen katt men om du sitter stilla får du se en orm på mattan." En två meter glänsande svart orm kände sig hotad. Den rullade ihop sig och väste. Jag gillar inte ormar som väser, för de har något jäkelskap i kikaren. Jag gillar som sagt över huvud taget inte ormar och finner folk som har dem som ersättning för en katt eller en hund såsom i en eller annan form dementa.

Vi öppnade terassdörrarna och stängde av rummet i hopp om att ormen skulle ge sig iväg. Men den hade det tydligen bra där på mattan. Efter ett par timmar började vi försöka mota ut den med hjälp av käppar och kvastar, men den smet ut i hallen och sedan in i sovrummet och slog sig till ro bakom sängen. Men tack och lov att ormar gillar mörka krypin. Så på natten öppnade vi terassdörren och sken med fem ficklampor mot ormen. Den försvann ut i natten och, som jag hoppades, för att aldrig återvända. Fast man vet ju aldrig i Florida. Nästa gång de bygger en golfbana, snälla orm försök pro shoppen i stället för min sängkammare..

Krukan går...

Sunt förnuft tillhör sannerligen inte alltid ingredienserna i den så omtutade Nya Ekonomin - inte så vitt jag kan förstå i mitt oförstånd över uppblåsta värden och miljardkrascher.

Här över kanske det inte märkts så mycket utanför Nasdaq-påverkade kretsar. Men i Sverige, där datorn är gud, sitter man fortfarande skakade kring köksborden och undrar: "Hur kunde detta hända oss?"

Det är något av ett svenskt nationaldrag det där med "hur kunde detta hända oss." Ett resultat av en lång fysisk isolering från den stora världen - ända sedan Sverige fick lov att plocka hem spillrorna av Karl XII:s armé.

Med den fysiska isoleringen följde en lika stark som förtjänt tilltro till det egna kunnandet och skapandet. I min ungdom var jag helt övertygad att Sverige var bäst i världen på stål, papper, kanoner, läkare och ingenjörer.

Svenskt näringsliv solitt grundat på omdöme, försiktighet och sunt förnuft, stod plötsligt inför något lika nytt som främmande - likt en förälder inför en rappfrälst son med pottfrisyr, läppring och fleecetröja. Här gällde det att hänga med. Åt h-sicke med gamla värden. Här fanns säkert stora pengar att tjäna. Fast på vad visste väl egentligen bara några tjugoåringar som kommit på ett bra IT-koncept att sälja in folk på för några hundra miljoner kronor och sedan hoppas på det bästa. Till och med gamla företagsrävar som Jan Carlzon erkände att han gick ordentligt på pumpen.

Jag har alltid ansett att värdet i ett företag ligger i produkten, någonting som man kan se, känna eller ta på. Inte i tjänster. En konsult är en teoretisk eller spekulativ tillgång. Men plötsligt vibrerade Sverige av IT-konsulter och oprövade idéer, uppbackade i media, som hoppades på världsomspännande svenska IT-koncept.

Ingen satte sig ner och frågade om det kunde vara sunt och riktigt att pumpa in nya miljoner i ett konsultföretag som redan gått back hundra miljoner. Det var som om man liksom inte ville förolämpa den blomstrande svenska IT-industrin och dess nyvunna storställning i världen.

Men krukan går, o.s.v. Så även innan det började knaka i Nasdaq gnisslade det betänkligt i flera svenska IT-företag. Och så började de trilla av pinn, det ena efter det andra.

Kvar haltande och betänkligt stympade är idag Icon Medialab och Framfab. Man får väl hoppas att de, efter alla de tiotals miljoner som Medelsvensson satsat på dem, kan studsa tillbaka och bli till någon nytta,

Hur vansinnigt upplagd hela den här IT-branschen har varit läste jag häromdagen i ett uttalande av Johan Stael von Holstein, som var med och grundade Icon Medialab. Han sade att han själv blev betänksam den dag resetjänstföretaget Priceline.com, som gick med brakförlust, värderades högre än världens fyra största flygbolag tillsammans. Värderade av vilka? Samma gubbar som du borde fråga "hur kunde detta hända oss?"

De vet dom, för de kan ju **allt** om ny ekonomi och globalisering!

Det var bättre förr... eller?

De äldre blir bara bättre och de yngre blir allt sämre. Så står det till i Sverige idag om man får tro Folkhälsorapport 2001.

Hälsodelaren läggs vid 45.

Kan det här kanske bero på att de, som är över 45, har haft tid att ta sitt förnuft till fånga, medan de som är 16-44 inte har hunnit dit ännu? Dåliga vanor är, som alla vet, de svåraste att ändra på. Det tog mig femtio år och dödshot att sluta röka och idag kan jag inte förstå min tjockskallighet att inte ha lagt av långt innan ådrorna slog igen butiken.

Men i Sverige är tydligen inte sprit och tobak de största hoten mot folkhälsan utan vad de stoppar i sig. De äldre rör på sig mer. Fyra av fem ungdomar motionerar nästan inte alls. De äldre äter bättre och hälsosammare. De yngre lider av läsk-, hamburgare- och pizzadiet med rumpan parkerad på en datorstol.

Samtidigt som jag ser dessa nyheter från Sverige, läser jag hur USA's hälsomyndigheter försöker komma till rätta med sodacivilisationen här över genom att vädja till bolagen att frivilligt begränsa sina produktexponeringar i skolorna, med läsk som idag pumpar tusentals kalorier varje vecka i allt fetare ungdomar.

Feta ungdomar blir feta vuxna som dör i förtid av hjärtsjukdomar och diabetes.

Visserligen anser sig svenska ungdomar friskare - och förmodligen är de det - än sina jämnåriga i resten av Europa. Men fortfarande stiger dock antalet bland dem som prövat narkotika och dricker sprit mer än en gång i månaden. De skyller det på stress, som under åren krupit längre ner i åldersgrupperna, där endast var femte ung människa motionerar regelbundet idag.

Jag kan bara hoppas - med barnbarn i Sverige - att "snackandet" och läskpimplandet minskar innan det tar amerikanskt format och skapar sådana där feta kolosser som man kan se rulla omkring på gatorna i Any City USA.

En för alla.. miljardärer för en

De var alla miljardärer innan de var trettio. Låt vara i kronor, men även så blir det stora pengar. De var ett stagnerat näringslivs unga visionärer och revolutionärer tycktes det. De skakade om ordentligt i etablissemanget och pratade av svenska folket miljarder.

Som vi alla vet så sprack bubblan och så mycket pengar har inte svenska folket förlorat sedan kreugerkraschen. Fast då var det mest etablerade förmögenheter som rök - nu var det mest småspararnas pengar.

Dessa unga män som plockade hem miljarder innan de ens kunde stava till entreprenör, sitter nu med skägget i brevlådan. Eller hur?

Tidningen Expressen har tittat litet på vart IT-miljardärernas miljoner har tagit vägen. Dessa barn av rap och popkultur har tydligen slukats av borgerligheten snabbare än de kan säga Ferrari. De flesta av dem bor idag i den rika borgerlighetens vagga i Sverige, mellan Karlavägen och Strandvägen på Östermalm i Stockholm.

Medan utmätarna knackade på dörren och småspararna förlorade skjortan lyckades dessa ikoner köpa på sig patriciervåningar och mångmiljonvillor i skärgården.

Den ende som skiljer sig från de andra är väl Framfabs grundare Johan Birgersson, som orsakade ekonomiskt lidande för tusentals och åter tusentals aktiesparare. Han uppträdde som "den lille mannen" - bodde i studentvåning i Lund bland begagnade möbler. Men så köpte han en våning i New York och som alla vet, på Manhattan får man ingenting så där helt gratis.

Johannes Bertorp var 17 när han startade Wineasy på familjens vind och sålde konceptet under högboomen till Tele1 för över 100 miljoner. Idag är han 23 och satte nyligen in 13 av miljonerna i den våning på Strandvägen som ursprungligen var reserverad for Telia/Telenors vd.

När motorn skar på Johan Stael von Holsteins Porsche Boxter på Strandvägen en dag, så lämnade han den där. Man har länge talat om att han står på ruinens brant. Kanske det är därför han kör en Ferrari och har köpt en tomt i Schweiz för 20 miljoner för att bygga en stuga på.

Johan Ihrfelt som är 33 år är en av IT-boomens stora vinnare genom att grunda Spray och sälja bolaget i tid för något hundratal miljoner. Han har köpt en våning på exklusiva Alba Place i London, ett hus för fyra miljoner på Värmdön, en skärgårdsö utanför Stockholm för 30 miljoner. Dessutom håller han sig med en av världens lyxigaste segelbåtar, helt i mahogny.

Johan Wiksell, som grundade Boss Media för datortidningar, tog hem något hundratal miljoner när han sålde ut före krisen. Mycket av pengarna lade han i bilar. Vad sägs om en Ferrari för $300,000, en annan Ferrari för $450,000, en Mercedes 600 för $150,000, en BMW för $50,000 plus fem dyrgripar från mc-världen, inklusive två Harley-Davidson.

Livsnjutaren Johan Wall tog hem femtio miljoner innan Framfab började rasa på börsen Han spenderar en del på exklusiva konstauktioner. Och från borgerliga Valhallavägen har han flyttat till ännu borgerligare Karlavägen.

Christer Sturmark heter grabben som blev miljardär på att bygga upp Cell Network. Han sålde sina aktier före kraschen och köpte en villa på Lidingö för 13 miljoner. Han rattar en av världens mest exklusiva sportbilar, en Jaguar XKR cabriolet som delar garageplats med en BMW 535. IT-boomens byggmästare hann undan innan taket rasade in. Galenskapen på börsen skördade andra offer - tusentals småsparare och deras förlorade miljarder.

Kristligt, s. a. s.

Missförstå mig rätt när jag säger att svenskarna inte är särskilt kristliga. Inte som här, där gudsbehovet är slikt att templen på 27:e gatan här bakvid ligger tätt som pubar i Liverpool.

Kristna är svenskarna givetvis. Det har statskyrkan sett till i hundratals år tills helt nyligen. Kyrkan har med automatik fått skriva in alla nyfödda i den lutherska lärans svenska medlemsregister.

Utan jobbet att bokföringsmässigt hålla reda på församlingarna i Sverige, har kyrkan idag i stort sett ingen annan uppgift än att vara, just det, kyrka. Den finner det svårt och har heller inte riktigt råd med uppgiften. Man har inte bara hundratals gamla kyrkor som skall underhållas utan också ett dyrt prästerskap att betala.

Så om ni reser till Sverige i sommar och ser en vacker gammal kyrka, är det troligast att den är stängd. Men om ni väntar några veckor, som jag gjorde i By Kyrkby i Dalarna förra året, kommer kanske en präst och öppnar för en söndagsmässa.

Församlingarna har tvingats dela på prästerna och rotera dem mellan kyrkorna och högmässorna. När prästen är på plats är kyrkan öppen. När han inte är där är den stängd.

Svenskarna har aldrig visat sin statskyrka någon större frikostighet. Kollekten har mera varit likt drickspengar. Nu blickar de gamla statstjänande prästerna mot frikyrkorörelsen och undrar hur den bär sig åt för att sno åt sig upp till tio procent av vad deras församlingsfolk tjänar.

De kunde ha lärt det från pingströrelsens Lewi Petrus redan för femtio år sedan när han byggde församlingen och dess magnifika tempel på Rörstrandsgatan i Stockolm. Där talade folk i tungor och, som ryktet sade, jagade djävulen i säck runt kyrkan för att sedan under halleluja hiva ut honom genom altarfönstret.

När jag träffade Petrus på en missionsstation i Afrika, hans tunga löst lite av nybryggt bananöl, och frågade om hans metoder inte var lite i överkant även för överdrifter svarade han:

"Utan överdrifter lever ingen kristen rörelse vidare. Det gäller bara att kunna styra överdrifterna, aldrig låta dem dominera rörelsen. Söker du 'ljummen kristendom' kan du sova bra till den i en bänk i domkyrkan".

BEMAN-03

Upp till kamp

emot kvalen, sista striden är vår - för Internationalen till alla lycka bär...

Socialdemokraterna och kommunisterna plockade fram kvalen igen, för det var Första maj och då måste de vädras. Regeringsledamöter och röda riksdagsgubbar stod utspridda inför genant glesa skaror på torg och i parker runt om i landet för att, som jag förmodar, budskapa folk om att kampen mot kvalen går vidare under de röda fanorna. De där politikerna är egentligen lika röda och svenska som jordgubbar. När de står där och första-maj talar kan jag inte se det annat än som en liten patetisk kvarlevnad av vad som en gång var en mäktig demonstration av arbetarörelsen på marsch i Sverige.

Första maj är idag något av en sentimental relik till tonerna av Sovjetunionens nationalhymn (och återinförd som Rysslands).

Så länge det finns folk i parti och Riksdag som kommer ihåg de forna massiva fanborgarna under vilka de en gång själva marscherat, kan man lägga undan alla tankar på att ersätta Första maj med Svenska Flaggans Dag den 6 juni som en riktig svensk nationaldag. För dem är arbetarrörelsens helg heligare än flaggans.

Första maj var i generationer arbetarörelsens järnhårda politiska demonstration i Sverige. Kampen var hård och kvalen var verkliga. Med blåsorkestrar från Spårvägen och Brandkåren i spetsen marscherade tiotusentals genom staden, längs affärsstråken och finfolket i fönsterna på Strandvägen, ut till Gärdet för att uppemot 100.000 lyssna till talare som Hjalmar Branting, Per Albin

Hansson, Tage Erlander och Olof Palme. Redan vid debuten, den första maj 1890, samlades 50,000 på Gärdet i Stockholm. I år kom några tusen.

En helg som 1 maj är naturligtvis välkommen så här på våren. Men om den är avsedd som politisk helgdag, och inte för att plocka blåsippor i skog och mark, borde man nog avskaffa den. För det borde väl snart vara genant för en regeringsledamot att stå på torget i Lund och tala för 150 personer. Kommunistledaren Gudrun Schyman drog visst mer i Malmö. Men hon kan ju också sägas vara mera kval-ificerad.

Ärlighet, varar längst?

Den svenska ärligheten, som blivit något av ett varumärke här över, har under senare år fått så många törnar att man undrar vart den tagit vägen, eller under vilken sten den gömmer sig.

Jag vet under vilken sten den gömmer sig - den stora massiva skattestenen.

Att jobba svart och att byta tjänster känner svensken som sin "oärliga rättighet." Några tusen här, och några tusen där är ju inget att snacka om, så länge det finns miljardärer som inte betalar ett vitten.

Om det inte vore för svartpengarna och hela den grå ekonomin skulle det inte säljas många bilar i Sverige, krogarna stå ganska tomma och inte många kunna ta semester på Kanarieöarna. Svartekonomin är Sveriges drivfjäder. Den gör att Svensson åtminstone har råd att ta ungarna till McDonalds.

Svartekonomin har tagit strupgrepp på Sverige. När man väl börjar leva med en lagöverträdelse är det lätt att acceptera en annan. Vad som börjat med en kopparslant blir snart en silverpeng.

Så när Mona Sahlin fuskade med statens kreditkort, belönades hon likväl med en regeringspost. Och när pampar från Gävle inte såg att de var på porrklubb i Bryssel accepterade man förklaringen att det var för det var så rökigt i lokalen.

Efter de linjerna har Aktiebolaget Fiffel och Båg tydligen haft en filial på EU kommissionens kontor i Stockholm.

Samtidigt som EU parlamentet godkände ett svenskt förslag om större öppenhet med diarieförda handlingar enligt öppen svensk modell har skandalrapporten om fifflet på EU kommissionens kontor i Stockholm hemligstämplats.

Det gäller svarta löner under Linda Stenbergs tid som chef för kontoret i Stockholm. Idag är hon chef för samtliga EU-kommissionens representationskontor i Bryssel.

Josefin K. fick sparken och vet inte varför. Hon får inte se den hemligstämplade skandalrapporten om fifflet på kontoret i Stockholm.

Inför Europadagen i maj 1998 ombads hon att jobba övertid mot ersättning i pengar. När hon kom för att kvittera pengarna fanns inga för övertidsersättning. Så hon fick skriva ut en faktura i namnet Aina Svensson, en påhittad person. Attesterad av chefen.

"De sa att det var så man brukade göra inom Kommissionen".

I november 1999 exploderade skandalen med falska fakturor på EU kontoret. I oktober 2000 avskedade kommissionen Josefin och hon får inte veta varför. Kommisionen gömmer sig bakom en mur av hemligstämplar. Och Tingsrätten i Stockholm kommer ingen vart mot EU-domstolen.

Josefin, som heter något annat, fortsätter utan jobb och utan att veta varför.

Och utrikesminister Anna Lindh firade häromdagen EU-parlamnetets nya öppenhet i champagne. Josfin var inte inbjuden.

Real Cool!

När jag var grabb på trettiotalet kände mina föräldrar en pälshandlare i Stockholm som hade gått i konkurs tio år tidigare. Han hade varit en stor man i stan, men nu var han inte det längre. Mina föräldrar var de enda som umgicks med honom och hans hustru. Men de var förstås skådisar, så man kunde ju inte vänta sig att de skulle ha samma moraliska tåga i sig som "vanligt folk."

På den tiden var det fult, våldsamt fult, att gå i konkurs. Man sattes visserligen inte i stocken på Stortorget till allmänt bespottande, men elaka tungor såg till, att konkursdomen satt som ett brännmärke i pannan.

När man har följt dot.com kraschandet och nu läst lite ur boken om boo.com skandalen, som Dagens Nyheter gav ut häromdagen, undrar man inte så mycket över att stabila företag (i det här fallet J.P.Morgan) satsar på löshästar, som att de sedan låter kusarna löpa utan all kontroll. Men kanske det beror på att en helt ny generation, vad Sverige kallar finansvalpar, kom in i börs och venture capital ruljangsen i och med att IT boomen föddes och fordrade yngre hjärnor att förstå.

Om ni inte hört om svenska boo.com så var det ett IT bolag för att sälja "coola" kläder på nätet. (Men man räknade inte med att folk som gillar dyra coola kläder gillar att shoppa, prova och välja och inte köpa på något liknande postorder). Innan bubblan pangade (den sprack inte, den pangade) hade boo gjort av med 140 investerade dollarmiljoner! På vad då? Egentligen på ingenting. På jättekontor i London och på att anställa folk och möblera upp lokaler i andra länder för kontor som aldrig öppnades. På att aldrig komma riktigt igång, kanske för att chefen ofta lär ha varit för bakfull. Man hade löner för nästan $3 miljoner i månaden och kostnader för $15 miljoner, men man sålde bara för $100,000 i veckan. Och när den som skötte finanserna slutade så gav man honom 100,000 pund i cash för att hålla tyst.

Arne Malmsten, så heter grundaren, och en handfull invigda tyckte att det coolaste var att käka rysk kaviar och dricka champagne på Concorde till J.P. Morgon i New York för att få fram nya miljoner till klädbutiken på nätet som aldrig blev mer än en tummetott.

Så vart vill jag komma med det här? Jo, till att inom IT sektorn existerar fortfarande en kontrollerande slapphet över dot-företag som bränner miljoner. Och att det tycks vara alldeles Okay att göra det. Några moraliska (eller kanske skulle jag säga omoraliska) aspekter på att man gör av med, rent av förskingrar, andra människors pengar, har man inte. Det kallas spekulation. Viva la IT!

Och vad händer när de går över styr? Boo.com's Arne Malmsten, hans kompisar och hela personal firade konkursen på $140 miljoner med high fives på en pub vid Piccadilly Circus i London. Real cool! Eller hur?

Det du inte läser

och hör om USA ... i Sverige.

Amerika är världens största och mäktigaste demokrati. Sverige är en av de minsta och "omäktigaste". Och som ni alla vet har Sverige sprungit efter USA och gläfst i hälarna i flera decennier.

I ett nyhetsbrev från Daily Swedish Newswire läser jag att en skara amerikakännare i Sverige dragit igång en upplysningskampanj (www.amerikabrev.nu) efter att ha tröttnat på den enögda bilden i svenska medier av USA som ett socialpolitiskt skräcklandskap, medan man hållit upp Sverige som ett socialpolitiskt underland.

Det finns mycket lite kvar i Sverige idag av socialpolitiska under. De började försvinna när Olof Palme och hans universitetsutbildade yrkespolitiker efterträdde jobbarna som skapat välfärdsstaten..

Det mesta i Sverige slår i botten idag tidigare i gott sällskap med kronan. Socialvården går på skruvar och rätten att ha någonstans att bo ligger hos en hyresförmedling med 15 års kö. Alternativet är hundratusentals kronor för ett andrahandskontrakt. Inte överallt förstås. Om jag vill flytta till Sverige har jag blivit garanterad (omgående) en etta i Jukkasjärvi.

Jag hade tur att jag aldrig hann hem till barnen i Sverige förra julen. För då hade jag varit död nu. En sådan massiv hjärtattack som jag hade, har man inte tid med i Sverige när "offret" är över 70. Nåja, troligtvis dör han på vägen i alla fall eftersom det tar en timme eller så för ambulansen att rycka ut.. Hälsovård? Det tar fem år att få tid för en starr-operation!

En god vän kryckade runt i sju år med en benskada tills han i november förra året stack till Chicago för en operation, som man varken kunde eller hade tid med i Sverige. Han är nu ute och joggar om dagarna.

Rätten till hälsovård och en plats att bo borde vara åtminstone det rudimentära i tillvaron. Men är det inte längre i Sverige, så man blir minst sagt förbannad när svenskar angriper livet i USA. Mycket härstammar från en rödanfrätt journalistkår. Jag vet. Jag har arbetat tjugo år på svenska tidningar och aldrig träffat en högerman utanför ledaravdelningen, inte ens på Svenska Dagbladet eller Sydsvenskan.

Så när helst man haft möjligheter har man knaprat och knaprat på den amerikanska livsstilen, som man sedan gått hem och avundsamt tittat på TV. Det finns inte en svensk journalist som varit stationerad i Amerika, som inte velat stanna här. Fråga till exempel Staffan Heimerson på röda Aftonbladet.

En politisk reaktion i Sverige på USAs kamp mot talibanerna i Afganistan från riksdagens kommunister och gröna dröjde inte länge. Deras fördömande av den amerikanska offensiven späddes på när en högt uppsatt grön politiker i Norrköping, den 29 oktober sade att han var inte så säker på om inte många av dem som dog i New York massakern också förtjänade det.

"Vi vill berätta det du inte läser och hör om USA" - så presenterar sig det svenska nätverket Amerikabrev på sin webbsida. Vi hoppas de får många läsare.

Tuffe Viktor

När Göran Persson var något av Tuffe Viktor som kommunalpamp i Katrineholm blödde han inte särskilt för kvinnans rätt. När han blev statsminister, tack vare att Mona Sahlin dabbade sig och gav honom posten s.a.s. på silverfat, var det många kvinnor på rikskansliet som kände sig kränkta av hans sätt att tala om kvinnor och tyckte, rent ut, att han var en riktig knöl.

Därför är det ju märkligt att just Göran Persson är den svenske politiker som blivit mest beroende av kvinnor, som nu fyller hälften av hans regeringsposter och en stor del av Riksdagen. Och sedan hade han naturligtvis Gudrun Schyman att ta hänsyn till. Utan kommunistledaren hade han inte fått fullt grepp om styret och det måste ju ha retat honom något alldeles otroligt.

Ibland undrar jag om det är helt avsiktligt som han utnämner kvinnliga ambassadörer till poster i underutvecklade och kvinnonegativa länder med muslimska majoriteter.

Nej, man blir aldrig riktigt klok på Persson. När Sverige hade EU-styret ett halvår, såg Persson snabbt sin chans att träda fram i rampljuset där han agerade mera som en kontinental högerpolitiker än som en folkhemsdemokrat från Sverige.

Han fann sig hedrad i Israel och i dagarna tar han emot en Wallenbergsutmärkelse för humanitära insatser . Och det är naturligtvis allt gott och väl. Jag har dock svårt att bedöma om han personligen förtjänar utmärkelserna eller får dem som representant för Sverige och svenska insatser. Men jag tyckte mig märka att han snabbade sig på att ta åt sig personligen.

Sedan Persson sist yttrade sig med fullt stöd för Amerikas

insatser i Afganistan, har han också, som jag gissade, lagt in en så kallad brasklapp mot de amerikanska krigsmetoderna. Han har gått samman med självaste ärkebiskopen i ett fördömande av förlusterna så som de inträffat bland civilbefolkningen. Här har Persson svängt som kyrktuppen i vinden, och naturligtvis fick han stöd av Schyman som väl aldrig förr haft något med en ärkebiskop att göra.

Fast helst skulle han väl vilja bli av med Schyman. Varför inte skicka henne som ambassadör till Zimbabve där de just nu praktiserar gamla kommunistiska kolshosmetoder...

Då skulle han kunna glädja sig at att hon blivit Gudrun SchymUNDan.

Somliga lär sig aldrig

Det var väl några veckor sedan som jag skrev att det skulle säkert inte dröja länge förrän en falang i Sverige gav sig på att fördöma Amerika för bomber över Afganistan. Den 19 november var det dags för kommunistledaren Gudrun Schyman att ta munnen full på TV i en debatt med folkpartiets Leijonborg, som gjorde sitt bästa för att hålla Schyman på jorden.

Det är klart att det är taskigt tyckte Schyman (jojominsann) med regeringar av talibantyp. Men inte skall man bomba bort dem inte. Man ska sätta sig ner och prata med dem och få dem att förstå att om de inte bättrar sig (ajabaja) så tvingas man vidtaga handelssanktioner och stänga deras luftrum.

Det är förfärligt vad vänstern i Sverige blivit känslig när det gäller Afganistan. Jag kan inte erinra mig att det sades knäpp när ryssarna bombade i Chechnien.

Jag håller med Aftonbladets Staffan Heimersson, en gång Bladets korre i USA, och just nu i Afganistan, när han skriver att svenskarna är fångade i ett antiamerikanskt önsketänkande och blir harhjärtade så fort det börjar talas om att gripa Osama bin Laden och undanröja talibanerna. Det måste finnas ett annan sätt anser man och så, enligt Heimersson, kör svenskarna den stora snyftvalsen och står sällan upp för principer.

Helt så illa är det dock kanske inte. I en riksundersökning omfattande cirka 40,000 personer har Aftonbladet registrerat att drygt 71 procent av svenska folket anser bombningen av Afganistan berättigad. De där cirka trettio procenten mellan 70 och hundra består av kommunister som aldrig lär, gröna som fortsätter att vara okunniga och författaren Jan Guillou som borde lägga av politiken och ägna sin fantasi åt att skriva deckare.

Jag hade förstås räknat med lite tyngre politiker än Schyman och Leijonborg i TV-debatten. Men ämnet var så hett i Sverige att just de tyngre politikerna inte ville röra vid det förrän det, så att säga, inte existerade längre. Men då kom de helt säkert med många efterkloka ord, som politiker plägar.

Än slank han hit...

å än slank han dit. Och än slank han ner i diket'.

Vem då? Vem som helst av oss egentligen. T.o.m. självaste ärkebiskopen, som efter en något halsbrytande, men förståelig, vinglighet - idag typisk för den svenska kyrkans tjänare - slank ner i diket när han gav sig på problemet Afganistan, delvis tillsammans med statsminister Göran Persson och ansåg att Sverige inte längre borde stödja bombningarna där.

Folkpartiledaren Leijonborg, som ju varken är vänster eller riktigt höger blev helt upprörd över, som han sade, ärkebiskopens helt påtagliga vänsterinriktning

När stat och kyrka separerade försvann också kyrkan ur det politiska livet. Men se det är märkligt att prästerskapet i Sverige har så svårt att fatta detta sedan de slutade som statstjänstemän.

Det kanske var lättare, eller åtminstone bekvämare, att vara präst förr när man inte alltid behövde vara det av övertygelse. Så länge man kunde sköta kyrkoböckerna och bokföringen smällde det ganska högt inom ett prästerskap som i praktiken hade koll på varenda individ i Sverige..

Det var så Sverige fick en samling frodiga vällevnadspräster, likt Albert Engströms skärgårdsprostar och skånska kyrkoherdar. Eller som min fars favoritpräst, kyrkoherden Krok i Kungsholms församling i Stockholm. "Han låter som en riktig människa, och han tar sig en sup".

När ärkebiskopen slank ner i diket satt Gudrun Schyman redan där på kanten och skrev poesi om bombningarna i Afganistan. Hon skaldade inte om New York för där drabbade det ju ingen fattig. Som en ädel kommunist såg hon bara den proletära vinkeln och den proletära sorgen.

Skåne tycks ha haft ett märkligt inflytande på Gudrun Schyman. Sedan hon flyttade dit har hon inte bara hållit sig nykter utan också fått en mer poetisk syn på världens tragedier.

Kunglig Glans

Sverige behöver ett kungahus, det torde stå klart för alla och envar, som har sett eller bevistat en Nobel-fest. Hur skulle det se ut på Konserhusets scen utan kungligt lulllull? Och man skulle beröva pristagarna upplevelsen att få skaka hand med en riktig kung.

Ge folket bröd och skådespel och de håller sig lugna, säges det. Nå, så länge man behåller Mårten Gås för skåningarna och Nobel-pompan för resten av landet torde revolutionsrisken vara ringa. Jag menar, man kan ju inte gärna ha en proletärrevolt när proletärernas ledare Gudrun Schyman dansar i urringad klänning med självaste riksbankschefen efter kungamiddagen på Stadshuset. Jag undrar vem inom protokollet som var skyldig till denna onekligen sublimt elaka bordsplacering. Dessa två, när det fanns 1.400 att välja på!

Det var alltså den hundrade nobelfesten. Till den kom över 150 forna pristagare. När de fyllde stolsraderna som reserverats för dem i Konserthuset, såg det ut som ett möte i en geriatrisk herrklubb. Nobelpriset har ju aldrig hört ungdomen till och, påpekar en tidning, inte heller kvinnan. Under etthundra år har bara åtta och en halv kvinna fått priset (Nelly Sachs fick dela på sitt pris) Och bland de 175 pristagare som tog plats i Konserthuset fanns bara två kvinnor: Nadine Gordimer, litteratur, 1991 och Christiane Nüsslein-Volhard, medicin 1995. Liksom på nåder insläppta bland farbröderna skrev en tidning. Eftersom reportern var kvinna kallade hon nobelfesten för en "skräckföreställning." Men man skall inte ta det så allvarligt för unga nyutexaminerade kvinnliga journalister har en tendens att vara argt aggressiva.

79

Nå för de andra, som inte var där för att hitta fel för saftiga rubriker, var nobelfesten ett glittrande äventyr. De stora i samhället bröstade av sina ordnar och visade upp sina hustrurs toaletter och tyckte att kanske borde drottning Sylvia och kronprinsessan Victoria ha bytt klänningar. Viktorias damiga ensemble var liksom mer drottningsam än Silvias barbie doll ensemble.

Ett år som detta var ju inte upplagt för den vanliga nobelnattens festyra då förr de många inbjudna universitetsungdomarna tog hand om dansgolvet. I år var det mer likt ett gråbrödernas stilla golvglidande. Litteraturpristagaren V.S. Naipaul lämnade inte sin fåtölj. "Men," sade hans förläggare, "han är jättenöjd för han brukar alltid gå efter fem minuter." Fast förr har han väl inte tjänat så bra på att sitta kvar.

"Aja–baja"

"Ajabaja Mona, nu har du dabbat dig igen och farbror Göran är väl snart så syrak på dig att han inte låter dig vara med och leka minister längre"

Att Göran Persson låtit Mona Sahlin hålla på så länge som hon har beror kanske på att han fick jobbet som statsminister, som var vikt för henne, tack vare att hon inte kunde skilja mellan sina och rikets affärer.

Om ni kommer ihåg så skulle hon ta över regeringen från Ingvar Carlsson 1995 men stupade på mållinjen när man upptäckte att hon använt regeringens kreditkort för kläder och semesterresor. Hon drog sig tillbaka och startade eget, men togs till nåder igen av partiet 1998 och utsågs till biträdande näringsminister. Med i bagaget, fann man, bar hon då på 32 kronofogdeindrivningar för p-böter.

"Men jag har förtroende för Mona Sahlin," sade statsministern och lät henne fortsätta, snart befordrad till näringsminister.

I förra veckan var kronofogden ute efter en parkeringsbot igen och en obetald TV-licens. Men det såg ut som om hon skulle kunna smita igenom med det utan alltför mycket ståhej. I kanslihuset talade man till och med om att skapa en privat pakeringsplats åt henne på Helgeandsholmen. Statens grågossar är annars inne och jagar parkeringsplatser på Skeppsbron klockan sex på morgonen. Där sitter de och läser tidningen och dricker morgonkaffet.

Men så sprack det igen. Det visade sig att Monas personbil var belagd med dubbelt körförbud. Hon hade varken betalat fordonsskatt eller kontrollbesiktning.

Och vad sade Göran Persson, "statsminister av Monas nåde" så att säga? Om han inte har ändrat sig, vilket han borde ha gjort, sedan pressen fångade honom med Tony Blair i London, så sade han: "Jag har fullt förtroende för Mona Sahlin."

Kan det vara möjligt att någon, som gång på gång gör bort sig i olagligheter, kan behålla en regeringspost? Vi som bor här och ser folk förlora officiella befattningar för att de "glömt" att deklarera en hemhjälp, har ju svårt att förstå detta svenska överseende med flagranta lagöverträdelser. Men man får väl tillskriva detta att svensken alltid varit den friaste av de fria i Europa och att det blivit en ren sport att möta de tunga skatterna med att försöka sno upp staten på så många och så mycket av dess avgifter som möjligt.

Så naturligtvis, när Mona Sahlin lyckats med det så länge, är det kanske förklarligt att Göran Persson har fullt förtroende för henne. . Hon kan det där bättre än statsministern hon, Mona.

You dumb Swede

En gång för många år sedan körde jag två gånger i fel riktning på samma gata i Chicago. Båda gångerna stoppades jag av samma polis. Han skakade på huvudet och sade "You dumb Swede, once more and I take you in". Så han skrev inte upp mig för han ansåg kanske att min trångskallighet var straff nog.

Dumma men hederliga, så var vi kända här över i generationer. Och länge var det så också i "gamla Sverige." Det är bara någon generation sedan man kunde glömma väskan på Centralen i Stockholm och komma tillbaka och hämta den några timmar senare.

Det är darrigare med hederligheten idag, men dumheten tycks sitta i. Man tror fortfarande sin granne om det bästa. Det är bara det att grannen inte längre är densamme.

Sverige har utvecklat en vidspredd främlingstolerans, allt i tidens tecken, och väl är väl det. Man har lite illa dolt missnöje här och där förstås och full förståelse för att unga servitrisen på fiket runt hörnet inte gillar turkar.

Det är "hemmavid" alltså, för det är inte liktydigt med att samma servitris avstår semesterresan till Turkiet eller under vistelsen kanske också umgås riktigt friskt med yngre turkar.

Nu har emellertid det problemet uppstått i Sverige att de där killarna som sitter på fiket utan att betala dricks också har en massa andra vanor inför vilka folk står undrande. De misshandlar, stänger in och till och med mördar kvinnor, som söker sig till män av annan trosriktning.

Det var så Fadime Sahindal bragtes om livet av sin egen far efter att ha varit dödshotad i åratal. Lagen vägrade att göra något tills det blev för sent och Uppsala domkyrka fylldes av ärkebiskop, kronprinsessa och 40.000 nejlikor.

Om jag går omkring här i Amerika och öppet dödshotar folk, likt Fadimes far dödshotade sin dotter, så sätter de in mig på obestämd tid. Om jag är immigrant och dödshotar någon i Sverige säger polisen : Vi vill inte gärna göra något som strider mot deras kultur.

I Sverige heter det ju att alla är lika inför lagen. I helsicke heller. Om de är muslimer, buddhister eller stendyrkare från Congo så måste man ta hänsyn till deras kulturella arv.

Så jag frågar mig om en immigrant skall ställas ovillkorligt under svensk lag eller om svensk lag skall rätta sig efter en persons kulturella bakgrund.

Fadimes far är på fri fot men under anklagelse för planlagt mord. Ingen tror att han kommer att få något särskilt strängt straff. Han handlade ju bara efter sitt kurdiska hemlands sed och kultur, att flickor som inte lyder sina föräldrar i äktenskapsfrågor har inte heller rätt att leva och miskreditera familjen. Det är fullt tillständigt att skjuta dem. Många tror till och med att Fadimes far kommer att frikännas och skeppas hem.

Samtidigt rasar man i Sverige över att de amerikanska myndigheterna frusit de ekonomiskan tillgångarna för tre svenska affärsmän, som man tror har samröre med Osama bin Laden. Kan man tänka sig att de jäkla amerikanerna haft mage att göra något sådant som att ge sig på tre hederliga svenska affärsmän. De var alla tre från Somalia innan de tog ut svenska pass!! Osar det katt någonstans?

Lag och Ordning

Vi gillar väl alla lag och ordning, så varför är vi så njugga med att betala för det? Bobbies i London klagar över låga löner. Poliserna i Paris gör likaledes och här i Fort Pierce har man dragit in på polisbudgeten. I Sverige drar man in på tjänsterna i stället för det går emot det svenska systemet att underbetala folk eller konkurrera med statliga löner. Så en polis i Karesuando har i princip lika lön med en polis i Stockholm om man räknar med dyrortstillägg och andra abrovinklar.

Sverige kan tacka sin lyckliga stjärna, eller vem det nu är som styr koralen och moralen, att befolkningen är så laglydig som den är. För i hela Sverige, från Riksröset till Ystad finns bara 16,000 poliser. New York med samma befolkningssiffra som Sverige, kring 8,5 miljoner på en yta mindre än Västmanland, har 60,000 poliser.

Jag vet inte hur många poliser som finns i Florida, men här i Fort Pierce som är ungefär så stort som Södermalm finns uppemot 400.

Så vart är jag på väg med det här? Till Jämtland, som är ungefär lika stort som tio counties i Florida eller en femtedel av den här staten. Där kan det dröja timmar innan polisen kommer efter ett larm. Polisbrist är en av Sveriges viktigaste samhällsfrågor idag.

Poliserna i Sverige är för få och för gamla för att klara jobbet säger man. I glesbygdsområden är situationen ofta katastrofal. Polisjobbet är inte längre attraktivt för ungdomen och därför en lördagskväll finner man två poliser, Hans Eric Hansson, 64, och Kenth Olov Persson, 51, ensamma i sin polisbil rullande genom dimbankarna längs riksväg 45 för att bevaka ett område stort som hela Skåne. Allt eftersom larmen kommer in får man ta det som är allvarligast av de närmaste och hoppas att de andra kan vänta. Och rattfyllon har man inte tid med.

Regeringen i Sverige snålar in på tryggheten. Eller som någon sade "Det fanns en tid när poliserna skulle skapa trygghet - nu sparas de bort". Vilket polismyndigheten besvarar med att säga att kompetenta poliser är viktigare än antalet. Tror jag det. De kan ju sitta där och vara kompetenta eftersom ett knivslagsmål på något danshak är liksom inte kompetensfähigt för dem att ta hand om.

Så därför har det blivit så i Sverige: "Polisen, var god dröj." Och nu går man mot sommaren då polisstationerna i glesbygderna stänger helt för semester.

Kan ni tänka er två ensamma poliser patrullerande ett område från Miami till Orlando?! Jag kan knappast tänka mig två ensamma poliser i Fort Pierce.

Immigration

Sverige har fått ett stort immigrationsproblem, som just nu diskuteras intensivt - om än ytligt - i press och regeringskretsar. Hur skall man bättre kunna integrera alla dessa människor av andra religioner, utseenden och kulturer som kommit till Sverige som flyktingar över en period av 20-30 år utan skolning och yrkeskunnande?

Elva procent av Sveriges befolkning, eller en miljon, är nu födda någon annanstans än i Sverige. Idag byggs fler moskéer än kyrkor i Sverige och i skolorna måste man handskas med hundra olika språk.

Sverige är på väg att bli ett mångkulturellt samhälle och det skulle väl vara i sin ordning om flyktingarna bättre uppskattade den fristad de kommit till - med bidrag och bostäder oftast långt utöver vad de lämnat i sina egna länder. De klagar t.ex. genom Svenska Islamiska Samfundet över att svenskarna kräver att invandrare anpassar sig till svenska normer. Kan man tänka sig att svenskarna kan ha mage till det!

Om ni inte visste det så har Sverige varit ett immigrationsvänligt land i flera hundra år. Den svenska bergsindustrin var ett verk av immigranten Louis De Geer, den svenska industrins fader, och hans vallonska arbetare. Och Gustaf II Adolf skulle inte ha kunnat kriga så framgångsrikt utan skotska legosoldater, som sedan fick torp i Sverige, under sina egna generaler med nu historiska svenska namn som Douglas och Hamilton.

I moderna tider rekryterade svensk industri kvalificerad arbetskraft i tusental från länder som Turkiet, Grekland och Jugoslavien. De integrerades smärtfritt även om svenskarna grymtade lite över att många sände efter hela släkten och satte dem på välfärd.

En ung svensk skribent i Aftonbladet förfasade sig nyligen över den "förnedrande bidragstillvaro" som dessa mörkhyade flyktingar levde under i Sverige. Det måste ju vara förfärligt förnedrande för till exempel den somaliska mamman med tioårig dotter i svensk skola att behöva leva på bidrag till både mat och bostad i en förort till Göteborg i stället för i någon lerkåk i Mogadishu.

Vad som idag retar svensken mest är att medan han får köa i bostadsförmedlingen i åratal för en lägenhet, om han inte betalar under bordet, finns det hela tiden moderna lägenheter för flyktingar. Och det är ju inte hälsosamt för umgänget.

Ni vet att man blir inte amerikansk medborgare utan att bevisa att man kan lite om landets historia och författning. I Sverige behöver man bara ta en kölapp. Så länge världen inte bättrar sig fortsätter flyktingströmmen och tiotusentals kommer att söka sig till Sverige varje år, där de sedan kan leva och klaga fritt. Sedan är det en annan historia att i en arabfamilj är det normalt med 4-6 barn, så den arabiska delen av befolkningen i vilket mottagarland för flyktingar som helst växer så det knakar. Titta på Frankrike där man räknar med att det kommer att finnas flera araber än fransmän om femton år.

"Klaga månde grisarna...

om de visste hur den gamle galten lider.."
Så sades det för hundratals år sedan om Svea Rike. Nu undrar jag hur den gamle galten Sverige känner sig idag. Världens högsta skatter. Västeuropas sämsta valuta och högsta matpriser, 20 procent över alla andra länder och därmed bland de högsta i den civiliserade världen.

När högern mötte sossarna i en debatt över rikets affärer härförleden frågades varför hälsovården och skolväsendet hamnat i sådant bakvatten i Sverige med platsbrist på sjukhusen, skandaler inom åldringsvården, lärarbrist och skoloroligheter. I stort sett hade regeringspartiet ingen annan förklaring än att "det tyvärr bara är så".

Enligt statsminister Göran Persson tycks allt på något sätt hänga ihop med att svensken arbetar för mycket. Jag kan inte finna någon annan förklaring till en regeringsproposition om en förkortning av arbetstiden. Tre förslag finnes: sänkt arbetstid till 38 eller 35 timmar (från 40) eller en utökning av semestern med en vecka. 35-timmarsveckan är det dyraste alternativet (276 miljarder) och semesterveckan det billigaste (38 miljarder).

Det blir med all säkerhet den extra veckan som från och med 2007 ger svensken 6 veckors semester.

På toppen av semestern kommer självfallet alla de där extra dagarna som förorsakas av jul, nyår, tjugondedag Knut, påsk, Kristi himmelsfärdsdag, pingst, 1 maj, 6 juni, midsommar, ledigheter som med alla klämdagar uppgår till minst 5 veckor.

Så snart ser Sverige 11 arbetsfria veckor per år plus de vanliga veckosluten. Sedan har man förstås också skidlovet under vintern då de flesta föräldrar försöker ta en skidsemester med barnen.

Så länge oppositionspartierna är splittrade och varken har program eller politiker att sätta emot får socialdemokraterna rulla vidare tillsammans med storindustrin. De två har alltid hållit varandra om ryggen - ända sedan Sveriges finanspolitik bestämdes mellan finansminister Gunnar Sträng och finansfursten Marcus Wallenberg under någon middag på Wallenbergska palatset på Västra Trädgårdsgatan. Tro mig. Så gick det till.

Och traditionen lever vidare. Socialdemokratin och storindustrin trivs alldeles utmärkt med varandra. Regeringen ser till att bolagsskatterna är bland de lägsta i Europa och företagsklimatet det bästa. Bolagen i sin tur tog in massor av pengar när den svenska valutan låg på skräpnivå, vilket ser bra ut i bolagens böcker, och hjälper regeingen att minska importen och få sin egen balansräkning på plus.

Och Svensson? Släng åt honom en extra semestervecka, den kraken arbetar ju alldeles för mycket.

Till flydda tider

Till flydda tider återgår mina tankar då och då så gärna. Tider då jag läste i Grönköpings Veckoblad om Herr Förbrytaren Anderssons bedrifter och Herr Före Detta Förrädaren Karlssons försök till återanpassning i samhället.

Häromdagen var det som att läsa det goda Veckobladet igen när Kammaråklagare Katarina Lindström släppte medlemmarna i två starkt beväpnade maffiagäng, som polisen tog på bar gärning när de höll möte på ett hotell i Falun - vapnen på bordet - för att göra upp om hur de skulle dela på brottsmarknaden.

"Jag bedömer det som så," sade Katarina Lindström, "att utredningen kommit så långt att de här personerna inte längre kan påverka utredningen om de försättes på fri fot."

Men, påpekade någon, det rörde sig ju om efterlysta och redan tungt kriminellt belastade personer.

"Det håller jag inte riktigt med om." sade Ms. Lindström, "men visst förekommer de i belastningsregistret."

Jojomensan. De var så "ringa" belastade att det behövdes en nationell insatsstyrka för att våga slå till mot dem i en jätterazzia som föberetts en lång tid.

Sverige är ju känt för en ytterligt human behandling av förbrytare av alla slag och "berömt " för långt gående försök att återanpassa dem i samhället. Men Sverige har inte längre det inhemska kriminella klientel som kanske var anpassningsbart för så där en 20 till 30 år sedan. Idag rör det sig om yrkesförbrytare och importerade torpeder och de får man knappast att gå i kyrkan så att säga...

Vad som har hänt här är att svenskt rättsväsende, och de som har hand om det, sitter kvar i sjuttiotalstänkandet att brottslingar är som alla vi andra. De har bara fått lite svårare att skilja på gott och ont.

För att få dessa stackars vilseledda tjuvar, mördare, rånare etc. att återvända som samhällsmedvetna medborgare, förde man dem på turnéer ut i världen så att de fick träffa vanligt hedervärt folk och därigenom inse vilka ruttna äpplen de själva varit.

Ni ska inte tro att man bara tog dem på en tur till Skansen eller för en promenad i Humlegården. Det räckte inte ens med en landskamp på Råsundastadion. Nej man åkte till fjällhotell för skidturer, hyrde skonare och seglade på Medelhavet, solade tillsamans på playan i Mallorca o.s.v.

Ni kanske tror jag skämtar. Jag önskar jag gjorde det. Inte underligt att allt möjligt drägg söker sig till vårt hederliga, godtrogna Sverige där rättsväsendet så att säga kutar efter torpederna ropande "halt där, förmodade mördare".

En riktig högersmäll

Helt vid sidan om, växande i tysthet, stiger Sverigedemokraterna fram i rampljuset idag efter Jean-Marie Le Pens skakande framgång i franska presidentvalet. Sverigedemokraterna, låter det inte oskyldigt, ungefär som en lillbrorsa till Socialdemokraterna? Men det handlar här i själva verket om Sveriges extremhöger.

Sverigedemokraterna är långt ifrån i Riksdagen ännu, men om främlingsfientligheten ökar i Sverige i samma takt som den har gjort runt om i Västeuropa, hamnar de där förr eller senare.

Jean-Marie Pen hatar araber och på det temat har han spunnit i över tio år. Han belastar araberna med fransk arbetslöshet och brottsligheten i landet. Problemet är att fransmännen börjar hålla med honom allt eftersom den ena staden efter den andra överflyglas av arabiska immigranter. Marseille kunde idag lika väl ligga i Algeriet. Hans vice ordförande heter Carl Lang, som är gift med en svenska och de har finansiellt hållit sin svenska partikusin under armarna med hundratusentals kronor under åren.

Det är svårt för Europa att ställa om från ett Frankrike med bara fransmän, ett Tyskland med tyskar, ett Italien med italienare, England med engelsmän och ja, ett Sverige med bara svenskar. Så som vi alla i stort var vana vid att det skulle vara.

Det är en skam skriver svenska tidningar att en man som Le Pen, som en gång kallade Holocaust en "episod", kan träda fram och pretendera på att bli en av Europas mäktigaste män och en galjonsfigur för främlingshat runt om i Europa.

Ja det är en skam, men enligt många en skam som är lätt att bära. Fast man inte pratar om det, är det ingen hemlighet att fransmän djupt ogillar den omfattning den arabiska inflyttningen tagit. "Vi vill ta tillbaka Frankrike," säger de. Och i Tyskland är det svårt att finna någon som har mycket till övers för de fyra eller fem miljoner turkar som tagit över stadskärnorna i städer som Frankfurt. Och jag behöver inte gå längre än till Västerås för att känna att skaran av arbetslösa muselmaner från ett höghusområde är som en nål i bröstet på infödda västeråsare. Det bara är så runt om i Europa och förblir väl så tills nykomlingarna anpassar sig till sina nya hemländers seder, bruk och språk i stället för att kräva att få sitt kulturarv erkänt runt om både i skolor och på arbetsplatser där det inte hör hemma. Vänd på steken och fråga hur mycket förståelse några tusen svenska immigranter skulle ha i Iran.

Europa är inte Amerika, stort och gediget nog för att klara av att man skakar om en bunt immigranter och häller ut dem över landet som immigranter byggt. Europa är klickar av stater som hållit på sina gränser i hundratals år och blött ur hundratusentals sår för att hålla främlingar borta. De har nu ett helsicke med att ställa om sedan de förlorat sina kolonier och "tvingats öppna portarna" för alla dem, från Algeriet till Indien, som de en gång mutade med pass och medborgarskap i samväldena.

Jag förstår dem som röstar på Jean-Marie Le Pen, men jag förstår inte Le Pen och hoppas att Sverigedemokraterna fortsätter att vara endast en notering i marginalen. Men för det fordras att Sveriges 1.3 miljoner utlandsfödda knyter sig starkare till Sverige än till sin ursprungsnationalitet. Annars är jag rädd att Sverigedemokraterna sätter mer potatis i Sverige.

"När la du in en prilla sist...

min sköna? Hennes enda last är snus. Och hon är inte ensam. Tusentals likt henne - välutbildad, i sin bästa ålder med bra lön och ofta i chefsställning - snusar. Allt enligt Swedish Match, som förser världen med mera snus än något annat företag.

Nu för sjunde året i följd rakar siffrorna för svenskt kvinnos-nusande i höjden.

Nå, skulle det hända någonstans så är det naturligt att det hän-der i Sverige, snusandets och prillornas hemland på jorden. Ibland undrar jag om bland alla svenska bidrag till amerikansk kultur och utveckling, snuset inte haft bland det starkaste inflytandet. När svenskarna drog in i Chicago och tog över North Clark Street blev gatan snart känd som Snuff Avenue. Och baseball hade knappast lämnat knoppstadiet förrän inget proffs kunde spela utan en svensk prilla bakom underläppen.

Nästan alla länder i Europa har importförbud på snus. Så Swedish Match's försäljning hänger mest på Sverige och den amerikanska marknaden. Och det är klart att tillverkaren förklarar fenomenet - för det är ju inte världens naturligaste att kvinnor snusar - med psykobabbel om att kvinnor som snusar är kvinnor som vågar lite mer än andra, som gillar att bryta in på männens arena och inte bryr sig om vad andra tycker o.s.v.

Och hur förklarar man att kvinnor som snusar har bättre utbildning och högre lön än kvinnor som röker? Svar: de är äldre, mer framåt än andra, närmare medelåldern, har hunnit utbilda sig och hunnit med att sluta röka några gånger och funnit att snuset uppfyller nikotinbehovet.

Men snus är ju snus om än i gyllne dosor. Och dosorna är granna, förgyllande en snus-kig vana.

Två sonsöner , 20 och 22 år, kom över och besökte mig nyligen. De levde på Coca Cola, öl, hamburgare - och snus, som idag har ett stadigt grepp om svenska unga män. Coca Cola och öl körde de med för det var billigare än i Sverige och hamburgarna för de var bättre. Men snuset var hemifrån. De lade in en prilla efter frukosten, med all tillbehörlig teknik, och plockade ut den till lunch utan speciell teknik.

"Vad tycker era tjejer om att ni kysser dem med mullbänk?"

"Klart att man plockar ur den först."

Ett finger gräver prillan från under läppen och smaskar den i backen och sedan är man så att säga pussklar. Eller hur? Med en cigarett tillsammans föjde likväl en viss romantik. "While a cigarette was burning, my heart was burning too.." Eller "Smoke gets into your eyes.." Remember?

Men det är klart att om fler och fler tjejer i Sverige börjar snusa så kommer kanske en dag då grabbarna kan finna en flicka att snusa tillsammans med till Carolas senaste hit: "Medan du la in din prilla, mitt hjärta följde med..."

Men att sluta röka är förstås snus-förnuftigt.

BEMAN '03

Den katolska kryckan

Medan påvens skugga faller över större delen av Europa har den aldrig förmörkat trosvissheten i de nordiska länderna. Detta till trots, ängslas det svenska prästerskapet att den katolska pedofils-kandalen kan komma att påverka även hur svenskarna ser sin kyrka. Som om den svenska kyrkan inte hade nog bekymmer ändå, med tomma kyrkbänkar och sådan brist på präster att söndagarna går utan gudstjänster i flertalet av landsbygdens kyrkor.

Ända sedan drottning Kristina, ironiskt nog dotter till prot-estantismens fältherre, har många intellektuella svenskar haft en dragning till den katolska kyrkan.

Författaren, livsåskådaren och satirikern, Sven Stolpe, som var en hörnpelare i svenskt kulturliv på femtio och sextiotalet blev så småningom katolik, sedan han skrivit boken "I dödens väntrum". Varför? Han sade att katolicismen tjänade som en krycka i hans liv, hjälpte honom att fatta beslut som han inte kunde eller ork-ade fatta själv. Den tog i bekännelsen också hand om hans mörka, syndfulla sidor.

Det är väl där vi har kärnan i den här skandalen. Så länge man kan bekänna sina synder för en trosbroder i ett slutet bås, lider man ju av den vansinniga, horribla tron att bara man rabblar tio "hail Marys" så har Gud förlåtit allt och man kan gå ut och prästsynda igen och i värsta fall bli placerad i någon annan församling.

Trots allt stort och gott och fint som den katolska kyrkan gör (fattas bara annat) är stommen sjuk. Om man har tusentals präster idag som utnyttjat barn hur många har då inte varit offer för det katolska prästerskapet under de hundratals år när locket låg tätt på sexkrukan och förlustelserna var väl på plats även i Vatikanen.

Sex har som en naturnödvändighet dominerat människans tillvaro sedan skapelsen.. Gud gjorde den till en njutning för att "uppmuntra" oss att producera och befolka jorden. Han var inte särskilt upplyst på den tiden om Hollywood, TV och snuskmumrikar, som har kommit att kläda hans avsikter i allt från såpsex till husmors förnöjelse och gubbar som stoppar sedlar i strippors g-strings till män som döljer sitt ok i prästkåpor.

Det måste vara något missriktat i huvudet på en kärnfrisk 20-årig grabb som fattar beslutet att leva i celibat resten av sitt liv. Det var nog aldrig Guds mening och jag tror att ärkebiskopen i Uppsala håller med om det.

Vad vi behöver just nu är, tror jag, en friskare kristendom.

Det Polska städet

"Det är klart att jag undrade lite, när jag inte fick något kvitto," sade polismannen till skattmasen i Västerås efter att ha fått huset städat. Sedan stod han där och såg hur oskyldig ut som helst.

"Då måste du ha undrat många gånger, så där trettio fyrtio gånger," sade utredaren som försökte komma underfund med hur mycket polskt svartstädande som ägde rum i staden.

Det har stått mäkta mycket i tidningarna och särskilt naturligtvis i Aftonbladet och Expressen om importen av prostituerade som hallickar hämtar från öststaterna och samlar ihop i dunkla lägenheter. Men städerskor! Det är något nytt.

Men Vestmanlands Läns Tidning fann en dag fyra städerskor från Polen i en källarvåning i Västerås med plywoodskivor för fönstren, en ensam glödlampa dinglande i en sladd från taket och rappning trillande från väggarna. Och tidningen skrev att det fanns fler städerskotillhåll på andra ställen i staden och också i andra städer.

De kommer naturligtvis till Sverige därför att det finns en massa svenska familjer som behöver få hemmet städat och inte har tid eller lust att göra det själva. Man har inte kommit underfund med vem som hämtar dem till Sverige och skaffar dem jobb för vilka man undviker att betala både skatter och arbetsgivaravgifter som idag uppgår till över sextio procent (!) av lönen i Sverige.

I Sverige ligger arbetslösheten bland immigranter på mellan 20 och 30 procent så man tycker att det borde finns många som skulle kunna ta städjobben. Men arbetslöshetsunderstödet är ju så pass hyggligt så varför ska man extraknäcka och kanske åka fast för svarta städpengar.

Så uppenbarligen råder en livlig trafik av polska kvinnor som kommer till Sverige, städjobbar i tre månader eller så länge ett turistvisum varar, åker hem ett tag för att sedan återvända.

"Städmäklarna" har funnit att Polen är deras bästa marknad. Man behöver strävsamma kvinnor i stil med Aina, som blev arbetslös och har två barn i skolåldern i Polen och en make som sliter i ett jordbruksjobb för 2000 kronor i månaden, vilket är vad Aina kan tjäna på en vecka i Västerås. Med städjobb sex månader om året försörjer hon familjen.

Det är normalt i Polen att man sticker iväg och jobbar utomlands och det handlar nästan alltid om svartjobb. Snabba pengar utan papper. Och Sverige är en av de bästa marknaderna därför att det svenska skattetrycket - det högsta i världen - har gjort skattesmitande till en sport. Man har inte längre några skrupler eller moralproblem med att snuva staten på pengar.

Not:

Den som i Sverige betalar någon mer än 1000 kronor för ett arbete är skyldig att betala minst 30 procent av ersättningen i skatt. Om man dessutom köper en regelbunden tjänst, som att städa en gång i veckan, är man skyldig att betala en arbetsgivaravgift på drygt 30 procent.

Den svenska fliten

Dagens Industri var framme häromdagen och slog hål i myten – i alla fall som den ses här - kring den svenska fliten och hederligheten. Och det kändes ganska taskigt för en svensk skrivare, som alltid hållit på svenskens, så att säga, karaktärsfasta tro och tillvaro.

Visserligen har jag undrat många gånger över hur Sverige kan ha råd att låta folk lägga av jobbet så där en nittio till hundra dagar om året. Nu visar det sig enligt en undersökning att helger och semestrar är inte hela historien. Vi har sjukfrånvaron också.

När vädret är vackert eller TV kör med händelser som VM i fotboll eller hockey händer det att uppemot 30 procent stannar hemma. Med både solsken och VM-fotboll på sommaren blir det svårt att klara industriproduktionen i Sverige.

Summa summarum, ligger den svenska arbetsinsatsen på 69 procent och det finns bara två länder i Europa där folk är sämre på att jobba och det är Grekland och Portugal. Vi vet ju alla hur svensken alltid lite överlägset sett ner på de lata latitudernas lökländer.

Följaktligen är tillväxten usel. Svensk ekonomi skulle behöva åtta nya Ericson för att klättra upp i välståndsligan igen, säges det. Men de skulle behöva en arbetskraft med en helt annan inställning till jobbet än arbetarna har i svensk industri idag. Jag vet inte, men kanske svensken fortfarande tror att han lever gott därför att han kan vara hemma från jobbet utan att det kostar honom något och gå arbetslös med full lön.

Han kanske sitter och tittar på TV och fördömer de svartas levnadsstandard i USA. Han har inte ännu hunnit upptäcka att en

genomsnittlig svart familj har bättre levnadsstandard än ett genom-
snittligt svenskt husåll. Och om Sverige hade varit en amerikansk
delstat så skulle den ligga någonstans efter Mississippi

Hur kan det ha blivit på det här sättet? Svensk socialdemokrati
har i generationer tvivlat på folks förmåga att sköta sina egna affärer.
Man har aldrig trott att de skulle klara sig utan statens välfärdshand.
Det kanske var välbetänkt för så där en sjuttio, åttio år sedan när
den svenske arbetaren bara hade låg folkskola och, så att säga,
bodde i hyreshus med dass på gården och kolboxar i köket.

Det har blivit så här på grund av skatterna! Det verkar som
om de enda som inte begriper det sitter i regeringen, följda av
riksdagsgubbar som gör som Göran säger. Det är cirka tjugo år
sedan skattefusket riktigt tog rot i Sverige. Samtidigt som man
grymtar över direktörernas många och hårt beskattade miljoner i
bonus och fallskärmar, falskdeklarerar folk så att det knakar. Det
är rena sporten att finna nya vägar till skattefria pengar.

Vi har restaurangägaren som bara deklarerar betalningar med
kontokort. Där är montören som bryter veckor av väntan genom
att sätta in en telefon på kvällen, taxichaufförer som inte slår på
mätaren. Snickare, murare och målare som gör jobb på varandras
hus och lägger banklånen i fickan. Tandläkaren som inte debiterar
en patient som låter honom låna lägenheten på Kanarieöarna någon
månad. För att inte tala om tiotusentals kvinnor med odeklarerade
städjobb. Och så vidare.

Det är skatterna, dummer. När man en gång vant sig vid att
snuva staten på skatt och aldrig tänka på att man begår en brottslig
gärning, kan man ju lika gärna också snuva sin arbetsgivare på tid.
Han har ju i alla fall betalat för frånvaron i form av arbetsgivareav-
gifter och sjukpenningsbidrag.

Så nog har svensken blivit både lat och oärlig, eller skall jag
säga latare och oärligare, för utvecklingen har ju pågått ett tag. Fast,
han har ju förstås inte upptäckt det själv ännu.

Socialt anpassade tankar

Vad i Falu koppargruvas djupaste hål talar han om, han där, handelsministern Leif Pagrotsky? Sitter han inte där och klappar i händerna för att han och hans kompisar, fått ner Sverige på lökstatsnivå tack vare hela välfärdsekonomin? Det finns bara Portugal och Grekland kvar nu att passera på vägen utför. Men det skall nog gå, det också.

Men se, Pagrotsky anser att det är just Sveriges avvikande politik med välfärdsidéerna och de höga skatterna, som gör att Sverige genom att anpassa skatterna, välfärden och den offentliga sektorn, kan få styrkan av en självständig kurs att bli just det som gör att Sverige kommer att slå igenom och hävda sig i globaliseringen. Och världskonkurrensen.

"Den ambitiösa offentliga verksamheten och det offentliga trygghetssystemet är vad som ger oss fördelarna i den internationella tävlingen," säger Pagrotsky, som måste ha påverkats i generna av anfädernas "polska riksdag".

Därför, lite om hur vi egentligen har det i Sverige - och jag säger vi för jag har en bunt barn och barnbarn där över.

1) Vi föds
Det borde vi egentligen inte göra för det är verkligen att "överbörda" det redan "överbördade" system, som rekommenderar förlossning på statens bekostnad utomlands, i t.ex. Tyskland, för på BB hemma i Ludvika finns ingen plats.Och i Stockholm snurrar ambulanserna runt med patienterna mellan sjukhusen tills man stannar och förlöser på Götgatan.

2) Vi går i skolan

Det borde vi inte heller göra, för hela skolsystemet har så jobbigt att hålla ihop så allt vi bidrar med genom att gå i skolan är att göra ett socialt problem ännu socialare, om ni förstår vad jag menar.

3) Vi jobbar

Nåja, det kan ju inte undvikas om vi skall kunna få betalda långsemestrar, kortare arbetstider än Europa i övrigt och komma in i arbetslöshetskassan och sjukkassan så att vi kan lägga av ett år med nästan full lön och vara sjuka lite då och då.

4) Vi är sjuka

Vi har sjuka på riktigt och sjuka på låtsas. Att vara sjuk på riktigt är jobbigt värre för man behöver anpassa sina krämpor till när doktorn har tid eller det finns en sjukhussäng, eller en kombination av båda. Kanske nästa år? Att vara sjuk på låtsas är mycket lättare. Det är bara att ringa till jobbet och säga att man inte kommer in. 25 procent av oss gör det varje dag. Det är en miljon "huvudvärkar" och "lite ont i halsen". Särskilt måndagar och fredagar. En miljon "sjuka" kostar så där trettio miljoner. Men det har vi ju råd med, eller hur?

5) Vi blir gamla

Och det är inte särskilt bra, men kan ju inte undvikas. Det bästa vi nu kan företa oss är att sitta hemma och titta på världen utanför över pelargonerna i fönstret. För allt i världen, man har ingenting emot gamla, våra föräldrar är ju gamla men vi ser helst att de stannar hemma och inte blir sjuka, förstås, för det har vi inte råd och inte tid med...

6) Vi dör

Socialt en återvändsgränd men socialekonomiskt sett ingen dum idé. Det blir ju billigare för alla så. Eller hur, Herr Pagrotsky?

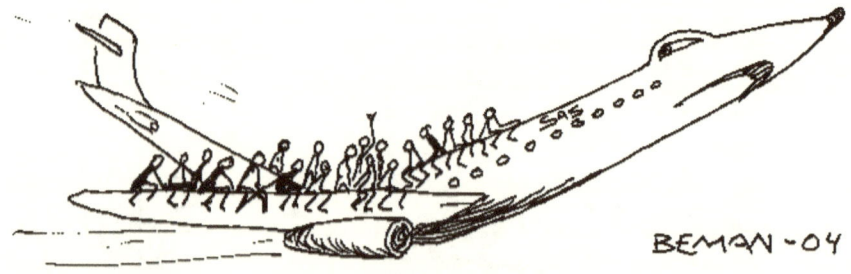

BEMAN-04

Låt inte krukan gå

SAS blöder något alldeles oerhört skriver Expressen i Sverige och Extra Bladet i Danmark, samtidigt som de sågar SAS-ledningen, särskilt dess VD vid knölarna. Kan man inte stämma utflödet av miljarderna NU, så får man slå igen butiken i oktober nästa år. Eller köpas upp av Finnair...

Hur har det kunnat bli på detta vis efter alla dessa år? Uppenbarligen för att de som borde vetat bättre inte vetat ett skvatt. Hur skall man annars tolka de siffror som visar att SAS personalkostnader är högst i Europa, de många fackföreningarna lamslående, driften oekonomisk och flygplanstyperna för många. Man hamnar ju inte i en sådan här situation över ett kvällspass precis.

Tydligen slog man sig till ro allt eftersom miljarderna strömmade in och ingen slog larm när de började strömma ut. För mycket personal i de skandinaviska länderna, som arbetar för lite och en bolagskultur som påminner om det svenska välfärds-systemet, bevakat av 39 fackföreningar som, när som helst med fem minuters varsel, kan kosta bolaget timmar i förseningar för miljoner och dessutom gjort det titt som tätt. Plus Europas högst betalda piloter som bara flyger 500 timmar om året i stället för andra flygbolags 600 till 900 timmar.

När man lägger ihop allt detta med att SAS personalkostnader är 32,5 procent av årsomsättningen mot ett branschgenomsnitt på 25 procent i Europa så inser man ju att "någon" låtit kostnader och ineffektivitet skena iväg.

"Det är klart att vi kan få ut flera flygtimmar per år från

våra piloter för samma pris," säger en SAS-chef. Så varför har man inte gjort det? Kanske beror det på att SAS aldrig varit ett affärsdrivande företag "på riktigt." Ägt till 50 procent av de tre ländernas regeringar är SAS ett halvstatligt företag i vars ledning idag sitter en styrelse utan erfarenhet av flyg. Och en ettårig VD som heller aldrig haft med flyg att göra.

De statliga banden har hämmat mycket av effektiviteten och invaggat alla i en falsk säkerhet, som marknaden inte längre tillåter och fackföreningarna inte kan se. Dagen innan Belgiens statliga Sabena kraschade planerade personalen strejker...

Låt inte världens nya krasshet a la Enron och WorldCom kasta skuggor över SAS, som vi skandinaver varit stolta över i många generationer nu. Låt inte SAS gå omkull för att en massa gubbar i ledningen inte behärskar sina uppgifter och personalen har glömt att SAS är en ARBETSplats.

Rädda krukan innan...

Naveln i tiden

På den tiden när jag flög fram och tillbaka över Atlanten med samma lätthet som jag tog bussen till jobbet, klarade jag att packa en väska på mindre än en kvart. Nu har jag hållit på med att packa en hel dag för att flyga till Sverige imorgon. Det tycks att med åren blir även erfarenheten ett offer för tiden.

I går kväll såg jag den f.d. tvåfaldige tungviktsvärldsmästaren Michael Moorer bli utslagen efter trettio sekunder i första ronden av tio år yngre Tua från Samoa (visste inte att man boxades där). Sedan slog jag upp en tidning och såg Joan Collins, "star of the man mades" på stranden i St Tropez skuggad av en enorm hatt. Det framstod dock helt klart att hon inte bör visa sig i modets nya jeans med tonvikt på navelns nya roll som en kvinnlig sexsymbol.

Jag såg bägge händelserna som att tiden påminde mig om något jag helst inte vill bli påmind om, att "t.o.m. the Joan Collinses of this world" börjar hamna i kategorin "se men inte röra". Nästan.

Jag är säker på att bebisarna (som man kallar dem i Sverige) som nu vuxit upp till att visa naveln offentligt, inte längre tror att de fick den när Gud pekade på dem med fingret på magen och sade "Nu är du färdig."

Vad som är intressant är att navelmodet är uppenbarligen det som berövat svenskorna deras plats som världens vackraste kvinnor, en position som de hållit i den stora internationella herrtidningen FHM's årliga värdering under ett decennium. USA har gått förbi. Och alla män som bor här och älskar och är gifta med svenska kvinnor begriper ju att det där måste ju vara rena båget. FHM har naturligtvis fallit för Hollywoods och damtidningarnas utbud av långa slanka blondiner, som ju inte är något annat än rena imitationer av våra helt vanligt förekommande svenska brudar.

Om det intresserar, så kan jag berätta att Italien kom in trea och sedan följde Brasilien, England, Tyskland, Spanien, Frankrike, Australien och Holland. Att norskorna inte kom med bland de tio bästa kanske beror på att de ätit sig feta på all den goda svenska maten som de väller över gränsen för att handla med sin helt orättvist starkare norska krona.

Nåja, vi svenskar får väl unna norrmännen en liten delseger då och då.

Eller hur?

BEMAN-03

Där sitter han igen

Tjosan, in ramlade Göran Persson hur lätt som helst. Han kan nu pretendera på den roll som landsfader, som han sökt så länge. Socialdemokraterna hade i det här valet inget annat än Persson att komma med. De hade ju i åtta år trasslat till och kört i botten allt som gick att trassla till och köra i botten - sjukvård, skolor, åldringsvård, valuta m.m. till tonerna av världens högsta skatter, en av världens sämsta valutor, dyraste marknader och Nordeuropas dåligaste service.

Men, som sagt, man hade Persson medan den så kallade oppositionen hade..... ingenting. Endast några färglösa politiker som bara sade "puff puff på sig Persson."

När Socialdemokraterna började inse att de egentligen inte hade ett dugg att komma med i en debatt - annat än att ge svenska folket skrämselhicka för att ett sänkande av skatterna skulle röva bort välfärden. Det finns inget känsligare för svenskarna än deras (illa sargade och illa fungerande) välfärd.

Så man kastade in Perssons godmodiga ansikte i helsidesannonser landet runt, varenda dag i veckan. - ja "Buffeln från Katrineholm" kan se riktigt farbroderlig ut, när så behöves. Och som jag såg det, blev det inte längre ett partival utan ett personval.

I veckor stirrade jag på Persson plirande över glasögonen menande att det skulle gå rent åt h-vete med allting om man sänkte skatterna. Man skulle inte kunna anställa varken flera sjuksköterskor, lärare eller vårdare. Välfärden skulle ta vägen genom skorstenen menade Persson. Och folk tänkte "herregud då kanske de fria sjukdagarna försvinner eller brorsan kanske måste komma hem från Mallorca och börja jobba.

Jojomensann, menade Persson, "så kan det gå utan mej, det kan gå riktigt illa". Därmed hade han redan mjukat upp oppositionen. Moderater som bara trodde de var högerfolk, försvann (för säkerhets skull) över till Folkpartiet, som alltid varit socialliberalt och samarbetat både åt höger och vänster när helst det passade.

Det skulle inte förvåna mig om Folkpartiets Leijonborg kanske vinglar över till Persson en dag och säger: "Kan jag stå till tjänst?"

Kommunisterna eller skall vi säga vänsterpartiet står naturligtvis där i kulisserna och hoppas på en klapp på huvudet från farbror Persson och kanske "om inte annat så en liten liten liten post"

Och över makten och härligheten vilar landsfaderns välvilja...

'De' är ju människor

Det svenska rättsväsendet ser ibland ut att passera genom samma svängdörr som i decennier har tillåtit Herr Förbrytaren Pettersson från Grönköping att avlägga sina regelbundna domstolsbesök. Besök följda av högst temporära vistelser i stadshäktet.

Svea Rikes förbrytare nummer ett, mördaren och rånaren Lars-Inge Svartenbrandt, som 2002 kom ut för elfte gången sedan 1962, efter rån och mord, grov misshandel och en pyttipanna av kriminella aktiviteter, är nu redo att skeppas till Kumla (Sveriges Sing Sing) igen. Han hann inte mer än sätta på sig byxorna som en fri man innan han i oktober rånade en bensinstation, slog ner och kidnappade en kvinna, tog hennes bil, slängde av henne på en skogsväg och rånade Systembolaget i Bollnäs.

Nu ler han betryggande mot pressen och säger att han får väl så där en fem-sex år den här gången, kanske kortare, om han sköter sig.

"Egentligen kommer den här domen i rätt tid för den tillåter mig att i lugn och avskildhet studera till präst. Jag räknar också med att få hjälp i mina studier på anstalten".

Himmel och pannkaka! Snälla Gud låt det bli pannkaka!

Sveriges värsta värsting någonsin, vars cell man borde låst och slängt bort nyckeln till för tjugo år sedan, pekar igen lång näsa åt Sveriges rättsväsende. Vad fordras för att en svensk domare ska våga (eller tillåtas) säga att kräk som "Svarten" borde man kedja vid en vägg i Kumlas källare. Oh, så grymt! Jojomensan.

I Sverige tycker man synd om förbrytare på något sätt. De är ju människor de med, fast de halkat snett i samhället. Må så vara, men halkar de som Svarten bör de få ligga där. Utan vatten och bröd. Statistiken visar också att närmare 75% av dem som hamnar på Kumla hamnar där igen.

En annan rättslig generositet uppenbarade sig i svensk domstol i förra veckan. En nittonårig flicka vägrade att gifta sig med den man som familjen utsett åt henne. I det land hon kom från är det skamligt att vägra lyda sina föräldrar så för att komma ifrån alltihop flydde hon hemifrån och fick hjälp med skyddat boende. Men familjen fann henne, lovade att hon skulle slipppa gifta sig. Hon återvände hem, men hann knappast genom dörren förrän föräldrarna och bröderna under protester förde henne till Italien. Dagen före det påtvingade giftermålet svimmade hon och fördes till sjukhus. Där fick hon hjälp av polisen som skickade henne till hemlig ort i Sverige.

Vad tror ni hände med kidnapparna? Föräldrarna dömdes av Norrköpings tingsrätt till två månaders (!) fängelse för olaga frihetsberövande och olaga tvång. Bröderna dömdes för samma till en månads (!!) fängelse. Och ingen behövde sitta av straffen.

Tingsrätten betraktade brottet mot 19-åringen som mindre grovt. Man hann ju aldrig gifta bort (sälja) henne enligt seden i det land hennes föräldrar immigrerat från. Än en gång 'ser det ut' som om en svensk domstol tummat på lagen för att tillfredsställa immigranters kulturkrav.

Jag säger bara att om de vill ha ett svenskt pass bör de också passa i Sverige.

Mindre flyttbara och sjukskrivna

Från Staffanstorp i Skåne - där ser ni vilken spridning Nordstjernan har! - kommer en undran från Bror Johansson om varifrån jag fått alla mina uppgifter i krönikan Ledigligan. Och så rättar han mig. Särskilt när det gäller sjukdagar och den långa sammanhängande julledigheten. Bror Johansson är ju företagare så han borde veta bättre än jag.

Klämdagarna mellan den 20 eller 21 december fram till den 7 januari är ingen gratistilldelning, säger han. För dem kniper man en vecka av 5-veckorssemestern. Fast så vitt jag vet från flera företagare så slår de igen åtminstone till efter nyårsdagen "för det lönar sig knappast att ha öppet då". Och de dagarna bjuder man på. Min dotter har ett dataföretag i Dalarna med fem anställda. Hon stängde den 20 december till den 2 januari.

"Så här fungerar karensdagarna." enligt Bror Johansson, "Karenstiden utan lön är en dag. Därefter mot läkarintyg får man 80% av lönen under 14 dagar och sedan tar Försäkringskassan över med 80% av lönen."

"Man kan inte förneka, enligt Bror Johansson, att det i många fall är journalisterna som med ljus och lykta försöker hitta negativa saker att skriva om. "

Att få besöka en läkare är ganska lätt. Men att få behandling är en annan sak. När jag skrev om de långa väntetiderna hämtade jag dem från ett regeringsorgan, DalaDemokraten, som publicerade en tabell över hur länge man behövde vänta för behandling av olika sjukdomar som inte var direkt livshotande och kom fram till ett genomsnitt av 44 veckor.

Bror Johansson kommer med en intressant kommentar, att svensken på grund av att han är så rädd för att flytta, även för att få ett nytt arbete, kräver att man i stället skall skaffa fram både vård och jobb på den ort där han bor och det kan många gånger vara ett stort bekymmer.

Han påpekar också att med bara en karens dag och 80% av lönen är det för den enskilde individen klart lönsamt att gå till läkaren och bli sjukskriven. Sjukskrivningarna har nått rekordnivå de senaste åren. På högerkanten talar man om att öka karensdagarna till tre, sänka sjukersättningen till 50-70% och inte låta Försäkringskassan ta över förrän efter 14 dagar.

Att det nuvarande systemet utnyttjas generöst i arbetsfattiga delar av landet ser man av att Norrbotten ligger på 54 sjukdagar om året mot småländska gnosjöregionens 8 dagar.

Med andra ord har sjukkassan gått och blivit ett slags arbetslöshetskassa i delar av landet.

En borgerlig regering skulle tyvärr aldrig bli handlingskraftig nog att ändra på systemet, anser Bror Johansson, som menar att facket med all säkerhet skulle sabotera med strejker, strejkhot och krav på högre löner, liksom de gjorde på 1970-talet.

"Vi får väl hoppas, om inte annat, att svenskarna röstar för medlemskap i EMU så att vi inte riskerar att bli akterseglade och utflyttning av kapital och företag ökar."

Tack, Bror Johansson, för rättelser, uppgifter och åsikter.

Krukan går till vattnet
tills den spricker..

Gudrun Schyman släppte en pärla (nej inte OP) igen. RIKSDA-GEN "OMYNDIG-FÖRKLARADE" HENNE.

På riktigt! Riksdagen klubbade igenom en Lex Schyman, som bara gäller henne. Det är första gången i historien som Sveriges Riksdag satt en av sina medlemmar under förmyndarskap. Lagen innebär att Schyman måste, som enda ledamot, inhämta tillstånd till alla tjänsteutgifter och med kvitto redovisa även i förväg god-kända utlägg.

Så hennes kruka sprack ordentligt i förra veckan. Inlindad i en kokong av riksdags- och partiledarprivilegier hade hon, likt Mona Sahlin en gång, förlorat kontakten med "vanligt hederligt folk," de som betalar notan för privilegierna.

I Mona Sahlins fall var det ju tur att man fick upp ögonen för hur dum hon var innan hon hann bli statsminister.

Men när det gäller Gudrun Schyman, som väl likt Mona Sahlin måste ha ett mått av intelligens någonstans, är det ju inte bara frågan om att hon är dum utan om rent bedrägeri. Nåja, hon härstammar ju politiskt i direkt nedstigande led från de alkoholise-rade sovjetgäng som söp och slog runt till kaviar och balalaika på lyxdrachorna medan arbetarna fick slita och hålla käften.

Här har vi alltså det svenska proletariatets högsta representant, den underbetalade utarbetade ensamma mammans hopp om en bättre framtid, som bor i en mångmiljonvilla bland miljardärer i ett skånskt lyxsamhälle och sticker till Singapore, Nya Zeeland och Australien på semester och drar av i deklarationen för en biljett som hon i det närmaste fått gratis.

Vi vet att alla i Sverige försöker mygla något när det gäller de höga skattarna men det är mycket lite en vanlig löntagare kan dra av. Och det ska vara så enligt Gudrun Schyman, som stadigt försvarat hög beskattning och även pläderat för ännu högre skatter som hjälp åt de underprivilegierade. Men medan svenska folket sitter hemma om söndagarna för att de inte har råd med bensin för nöjesåkning åker (eller åkte får man kanshe säga nu) Gudrun Schyman taxi för tiotusentals kronor var och när det passade henne.

Gudrun Schyman utmärkte sig länge för att uppträda kraftigt berusad i offentliga sammanhang - förmodligen ett arv från "föredömliga" f.d. Sovjets representanter. Svenska folket tog henne till sitt hjärta när de fann hur hon kämpade och slutligen lyckades hålla sig nykter i flera år. Säkert hälften av alla som röstade på Vänsterpartiet gjorde det i sin beundran för Schymans "återhämtning."

"Varför tog det henne tre dagar för att avgå," frågade sig statsminister Göran Persson , som förmodligen tycker det är ganska skönt att bli av med uppkäftiga Schyman.

Hon borde väl känna dessa rader i sitt partiprogram:

"De groteska skillnaderna mellan rika och fattiga beror inte på att de rika ansträngt sig mer eller varit smartare. Skillnaderna beror framför allt på skillnader i makt och på att den som redan har mycket lätt kan skaffa sig ännu mer."

Det passar ju bra in på Gudrun. Den som har mycket kan skaffa sig mer - till exempel genom att låta svenska folket betala resor, fester och taxibilar.

Hon har stått upp och försökt förklara sitt handlande med slarv och misstag - förklaringar så ihåliga att det ekar mellan orden.

Lev väl härefter Gudrun Schyman, lämna också Riksdagen, åk till lyxvillan i Skåne och sätt potatis – åter till jorden.

Helt utan brännvin det nog inte går,
helt utan brännvin blommar ingen vår...
(Johan Strauss, nästan)

Frånskilde statsministern Göran Persson upptäcktes nyligen hand i hand på Harpsund med sin särbo (de kallas så när de inte bor ihop), sedermera sambo, numera äkta maka, Anitra Steen, som i vardagslag är chef för Systembolaget.

Brännvinet har alltid varit en klippa i den svenska ekonomin. Systembolagets monopol skapades för att genom ransonering stävja ett supande, som i början av århundradet började antaga ryska proportioner i Sverige, och samtidigt håva in pengar till staten. Med andra ord en moralisk/ekonomisk allians till ömsesidig båtnad för frikyrko- och nykterhetsrörelserna, som länge dominerade riksdagen, och statskassan.

Ett gemensamt drag för vänsterpartierna runt om i världen är ju att folk inte kan anses kapabla att ansvarsfullt sköta sina egna pengar. Därför bör staten, som i Sverige, ta hand om större delen av folks inkomster och i utbyte erbjuda en byråkratiförankrad trygghet antingen man behöver den eller inte.

Spritmonopolet är inte den enda byråkratiska rävsaxen, som svenskarna sitter i, men är den som bäst signifierar en nästan tragikomisk dubbelmoral.

Den svenska folkhälsan är inte längre Monopolets prioritet. EU och Danmark naggar i kanten på försäljningen så nu börjar det bli panik i systemkassan. "Sänk spritskatten och åt helsicke med hälsan" är det nya mottot samtidigt med att man sedan några månader också håller öppet på lördagar. Folk skall inte behöva ta fredagstimmar från jobbet för att hinna in på Systemet och tanka för veckoslutet. Och för att svenska folket skall känna sig riktigt väl omhändertaget i Monopolets butiker har man förvandlat de förut nakna lokalerna till riktigt småmysiga ställen, med self service, öppna ytor och kunniga rådgivare för den som söker något särskilt.

Idag finns Monopolets butiker överallt. Förr när man ville ha en flaska OP Anderson till exempel i Hedemora fick man ringa till Borlänge, som lämnade av litern hos Perssons Järnhandel vid Stora torget någon dag senare.

Och aldrig har väl den svenska arbetarrörelsen vid maktens bord diskriminerat mer mot sina egna jobbare än när de införde en ransonering baserad på inkomst. Fyra liter i månaden till de rika, en liter till arbetarna, som enligt nykterhetsrörelsen ansågs ha lättare för att supa sig fulla. Det var mattvång på krogarna för att få sprit. Samma rätt åkte in och ut med suparna. På finare ställen kunde man få två femmor och kanske ett glas konjak. På Pilens trea var det stopp efter sju och en halv centiliter. Men där gick förstås aldrig finare borgare. Och det är knappast en generation sedan dess.

När dessa två solida sossar, Anitra och Göran, sprungna från en tid av socialdemokratisk nykterhetsiver, vandrar hand i hand på Harpsund (och det unnas de gärna) undrar jag om de diskuterar det för ökad nykterhet avsedda Systembolagets mål att få svenskarna att köpa mer sprit. Eller om Göran gratulerar Anitra till ansträngningarna att finna en uppföljare till Absolut som nu är på god väg att bli världens mest sålda vodka.

Det var väl ändå knappast meningen att svenska staten parallelt med sin nyktersiver skulle bli en av världens största spritexportörer.

Ganska skenheligt, eller hur?

Nyktra till!

Jag vet inte om det ökande rattfylleriet i Sverige beror på att folk dricker mer, på att det finns allt fler bilar eller på att straffen är så lindriga att det lönar sig att ta en rövare.

För vice riksåklagaren Jörgen Almblad är det en blamage att åka fast för rattfylla klockan åtta en januarimorgon på väg till rikets högsta juridiska ämbete.

"Det känns för jävligt" sade han.

Det borde det göra.Samtidigt ger det tidningarna en välkommen chans att nita dit Justitiedepartementet och se till at man där börjar ta rattfyllerieländet på allvar och att man skärper straffen.

Idag kränker det svenska rättssystemet rattfylleristernas offer och daltar med de skyldiga.

Här har ni ett exempel:

Josefina Kjellander och Helena Nilsson blev bara femton år när de dödades av ett rattfyllo i i Karlshamn. Han har just fått sin dom i Hovrätten - två och en halv veckas samhällstjänst!

En sjuttonårig grabb erbjöd sig att köra dem hem efter en fest framåt morgonsidan. Men först gick han ut och skruvade av nummerskyltarna för han visste att han var rattfull. Resan tog snart slut. Han fick sladd på bilen och kraschade mot ett träd. Han hade 1.36 promille och klarade sig men flickorna dog av inre skador.

Första rättsinstansen dömde honom till fyra och en halv månads sluten vård. Hovrätten sänkte det till två och en halv veckas samhällstjänst, med motiveringen att fyllot bara hade två månader kvar till sin 18-årsdag och därför inte kunde dömas till fängelse. Varför inte? Det här var ingen olyckshändelse det var medvetet dråp. Eftersom han var gammal, full och smart nog att skruva loss nummerplåtarna, borde han vara gammal nog att bära konsekvenserna.

Men om en av rikets högsta åklagare kör rattfull till jobbet kan man kanske inte begära att en tonåring ska ha bättre omdöme. Dessutom tycks åklagaren just nu vara mindre bekymrad över rattfylleriet än att klaga över sina böter på 20.000 kronor.

Nyktra till där uppe i lagens kammare!

Dödskul....?

Jag har aldrig tyckt att det är vidare passande att skämta om döden och åldrandet. Men tydligen är det "dödsroliga" ämnen för TV. Sverige tar nu tar upp begravningsserien "Ten feet under". Och lägger till sin egen inledning, eller vad man nu skall kalla det, serien Solbacka, kring allt det tokroliga som händer och sker när gubbar och gummor kommer tillsammans på ett ålderdomshem.

Att bli gammal i Sverige är inte roligt. Fast det går ju att undvika. Man kan till exempel som Jan Myrdals morbror Folke ta bössan och gå ut i skogen och inte komma tillbaka.

Sverige har skapat en kultur som inte har plats för gammalt folk. De skall helst bara försvinna och begravas, som en krönikör i Expressen skrev. Det är först nu under de senaste två åren som debatten kring den negligerade åldringsvården, vanvården, börjat ta plats i media.

Mycket beror det på att en hel generation av efterkrigsbarn nu finner att de inte vet vad de skall göra med och av sina åldrande föräldrar. Det sociala ansvar för de gamla som Jans föräldrar, fredspristagarinnan Alva och Gunnar Myrdal ägnade en stor del av sitt liv till, blev mot slutet för dem en tragisk overklighet.

Ingen kan riktigt svara på varför åldringsvården blivit eftersatt. Man kan ju inte heller svara på varför sjukvården hamnat i bakvatten. Det är så mycket man inte kan svara på, t.ex varför Sverige med världens högsta skatter inte kan ta hand om sina gamla och sjuka. Det måste beror på att "me-generationens" politiker helt enkelt inte brytt sig förrän idag, när man lyfter på en gamling från en sjuksäng och upptäcker att hon legat på larver och insekter.

Men tjosan, nu mitt i allt eländet skall man ha TV-kul med halvtossiga gamlingar på ett ålderdomshem och med folk som kör med kistor och deras innehåll som humorobjekt. Fyrverkeripjäser och whiskypavor, det är grejor det att stoppa i kistorna för de smäller så kul i ugnarna.

BEMAN-03

Krigstankar

Trots att folk alltid hatat krig har mänskligheten alltid haft lika svårt att undvika det. Det beror naturligtvis på att "folk" har väldigt lite att säga till om när det gäller att med statligt berättigande slå ihjäl folk som står i vägen eller som man helt enkelt inte gillar.

Om jag inte tar fel var den längsta fredsperioden i historien Pax Romana, den månghundraåriga freden som romarna svarade för, när de regerade större delen av den då kända världen. De slogs förstås lite i utkanterna, för barbarerna som levde utanför det romerska imperiet försökte nagga det i kanten. Och så måste man ju ge legionerna något att göra så att officerarna inte skulle få myror i byxorna och bli upproriska.

Efter Rom har det krigats nästan oavbrutet. Spridda över Europas städer symboliseras krigets storhet med ryttarstatyer av kungar och marschalker med dragna svärd. I Kungsträdgården i Stockholm står Karl XII med draget svärd och pekar mot Ryssland. För några hundra år sedan var man ingen bra kung om man inte gick ut i krig då och då.

Societeten ända in på slutet av 1800-talet bestod av grevar, baroner och officerare som väntade på nästa krig mellan balerna. Inte frihetskrig som i Amerika utan "nöjeskrig". Så började första världskriget med unga officerare som direkt från kejserliga dans-golv och fäktstudior i Wien och Budapest red med dragna sablar direkt in i kanonelden som under napoleonkrigen. Efter det för alla katastrofala första världskriget flyttade segermakterna sin militära lusta till kolonierna. Engelsmännen slogs i Asien, frans-männen i Saharabältet, italienarna i Abyssinien, medan tyskarna bidade sin återkomst. Amerikanarna förstås nöjde sig med att gå tillbaka till jobbet.

Krig skapas av militärer och politiker, folk som är mer intresserade av makt än pengar. De sysslar med att söka besegra, slå under sig, härska över, rädda eller frälsa den ena från den andra. De finner alltid en anledning. Vad skall man med generaler till om det inte finns några krig? Fast då kan de ju försöka bli polismästare i stället.

Enligt min åsikt, vad den nu är värd, har det före Irak bara funnits ett berättigat krig, andra världskriget. Och det höll inte på att bli av för Hitler lurade på Chamberlain en slogan om "fred i vår tid" sedan de två druckit té i Berchtesgaden. Pacifisterna hyllade Chamberlain. De tyckte att det var all right att Englands premiärminister utan protest lät Hitler invadera Sudetenland, Saargebiet, Danzig och Österrike. Folk talade ju tyska överallt där. Sedan föll Nationernas Förbund som ett korthus.

En röst hördes i protest, Winston Churchills. I Underhuset kritiserade han premiärministern med orden: "Your choice was between shame and war. You chose shame and you will have war."

Winston Churchill, förmodar jag, skulle ha sagt något liknande idag inför Förenta Nationerna sedan Saddam Hussein gasat ihjäl folk, mördat några hundratusen, slaktat en miljon egna och andra i krig, invaderat sina grannar. Sedan han väl besegrats och tillåtits göra come back har han räckt lång näsa åt Förenta Nationerna i tio år. Under tiden har Monsieur Chirac m.fl. spelat Chamberlain.

Nu skrek hela världen i protest mot USA:s agerande. Varför? Inga utom hans offer skrek när marodören var som värst i farten.

Och den här gången, efter Saddam, kan vi nu hoppas på fred? Inte så länge Islams fundamentalister ser oss som djävulens verktyg och korpraler, likt Jean Pierre Bemba i Kongo, beväpnar ett gäng primitiva infödingar, utnämner sig till överste och drar ut systematiskt mördande och styckande folk, för att med våld behärska de trakter av Ituriskogen där jag en gång bodde i nästan ett år med skrivmaskin och filmkamera. Vad har tagit åt detta fredliga folk i djungeln? De blev militärer, och tvärs över hela Afrika har krig blivit dagens melodi. Eller skall jag säga sorgemarsch?

Inbördeskrig

"Ett inbördeskrig pågår mitt ibland oss. Det är krig på liv och död. Män som omsätter enorma summor på narkotika, spel, prostitution, lyxbilar och krogar, men som varje dag är rädda för att själva bli offer i nästa uppgörelse." Expressen 5/11/03

De heter inte Larsson, Svensson eller Lundström. De hette - för de är mördade nu - Djokic, Joksovic, Raznjatovic, Kishaish, Dragan och Bruzzone. De var gangsters, avrättade av gangsters, vars namn det "hänsynsfulla" svenska rättsväsendet begränsar till "den 33-årige mördaren, den 27-årige torpeden," o.s.v.

Man får vara väldigt försiktig som svensk polis med att anklaga någon. Alla i Sverige är anonyma, "förmodade" tills dömda.

Personligen har jag inget emot att gangsters mördar gangsters i Sverige. Det reducerar antalet. Men jag tycker förstås att de kunde visa hänsyn till det land som, så att säga föder dem, genom att sköta mördandet lite mera privat. Och inte mitt på Stureplan i Stockholm. Men omoral är omoral och kräk är kräk om än i gyllne Armani.

Sverige har haft en växande undre värld ända sedan den så kallade juggemaffian började smuggla cigaretter, mot slutet av 80-talet tror jag det var. Det växte med ankomsten till Sverige av kosovoalbaner och i sin tur gangsters från Östeuropa och Baltikum, som körde en lukrativ narkotikahandel och jobbade i prostitution. De öppnade restauranger som oskyldiga fronter och slog sig på att skydda "andra". Makten tycks ligga mycket i hur många "krogdörrar" man behärskar. Idag domineras den organiserade brottsligheten i Sverige av två grupper. De kallas helt enkelt för "Den Första Gruppen" och "Den Andra Gruppen." Det är mest de som slår ihjäl varandra.

Det toleranta svenska rättsväsendet, som är tillrättalagt för rehabilitering av dem som begår brott, lockar öststatsförbrytare likt en slickepinne drar till sig flugor. De åker till Sverige, ordnar ett mindre "jobb" så att de hamnar i fängelse. Väl på Hall eller Kumla, där det sitter många kriminella höjdare, ordnar de så att de har ett "jobb" när de kommer ut. Svenska fängelser har blivit de största rekryteringsanstalterna för gangsters.

Myndigheterna har sett utvisning fungera som en svängdörr. Ut i Haparanda. In igen i Ystad. Ut i Ystad. In igen i Haparanda.

Men nu tycks man äntligen ha fått ett vapen att bekämpa den kriminella invandringen med. Det heter *överförandekonventionen*. Genom en internationell överenskommelse åligger det ett land att komma och hämta sina egna medborgare om polisen i ett annat land så önskar. Ett par hundra balter och öststatsförbrytare står på tur. 21 litauer är på väg till Lukiskin-fängelset i Vilnius där färgen har flagnat och dörrarna är rostiga sedan Stalins tid. I Lukisakin kommer de att byta sina fina svenska enkelrum med TV och dator mot en brits i en naken fyramanscell som på grund av överbefolkning nu håller sex. Och i Litauen är tio år tio år och livstid är livet ut.

Rädslan att hamna i fängelser likt Lukisakin, som är byggt för 900 men idag håller 1450, kommer säkerligen att dämpa gangster-flödet till Sverige österifrån, säger man på officiellt håll. Man tror till och med att de förbrytare som redan opererar i Sverige kommer att tänka sig för innan de sanktionerar brott, som gör dem "icke önskvärda" och därmed kandidater för avhämtning till ett hemland där de säkert också har ett kriminellt förflutet att svara för.

Överförandekonventionen! Låter som en ärtbössa men lär fungera som en 48 magnum.

AB ARBETE

BEMAN -04

Något är det

Jag har alltid haft på känn att det är något i vattnet i Norge. När filmens späckhuggare Willie släpptes lös efter sin filmkarriär, så stack han direkt till Norge. Från Island, där Willie tränats för det vilda livet, blev det en månghundramilatripp på egen hand för att finna en plats där han kunde känna sig hemma. Hur kunde han från andra sidan ett hav veta att just i en fjord i Norge fanns det och dem han sökte?

Det måste ha varit något i vattnet som från fjordarna letat sig till Willies känselnerver - ett vatten utan like någon annanstans. Självklart anser norrmännen att längs deras kust strömmar vad inga andra har - ett aqua unicum. Vi svenskar är naturligtvis torskar som inte begriper det. Du snackar bara, säger någon. Men hur skall man då förklara hummerns känslor? Hummerhannarna längs norska kusten hade börjat lida av impotens av någon anledning. De kanske fick för mycket av det goda, hade det för bekvämt och förlorade arbetslusten. Det händer ju med åldern lite till vars och mans. Men så påpekade någon att den amerikanska hummern levde i en virilare kultur och kanske kunde hjälpa Norges honor till en fruktbar framtid. Så man planterade ut massor av amerikanska hummerhannar bland heta villiga honor i Oslofjorden.

Det gick alldeles utmärkt till att börja med sade man. Jag vet inte mycket om umgänge humrar emellan, men honor och hannar kröp runt tillsammans på botten delande byte och kamratskap på väg mot det avsiktliga.

Men då ögonblicket kom för den avgörande stöten kunde en frustrerad amerikan inte hitta rätt i den norska anatomin. Han gav upp och begav sig, förmodligen slokörad, till andra vatten.

Det säges att han hade mera framgång nere bland fransyskorna. De var så att säga lite mera lättstjärtade. Men så är ju också vattnet lite varmare där. Men naturligtvis inte av samma kvalitet som i fjordarna, vilket ju som alla norrmän vet, ställer högre krav på ett kvalitativt fortplantningsarbete.

Att vara eller inte vara

I en e-mail från Illinois klagar en läsare över att jag på sistone tappat min lätta ton och ersatt den med kritik av Sverige - kritik som i hennes uppfattning gör svensk-amerikaner så ledsna. Varför?

Härförleden fann jag teckningen till vänster i Västmanlands Läns Tidning. Den ger en del av svaret på frågan.

Under teckningen står att under en vanlig arbetsdag är drygt femtio procent av den arbetsföra delen av det svenska folket på jobbet. Det betyder med andra ord att så där en fyrtiofem procent stannat hemma av någon anledning.

Vad tror ni skulle hända i det här landet om fyrtiofem procent av alla anställda stannade hemma från jobbet varje dag?!

I Sverige går det tydligen bra. Världens högsta skatter tar ju hand om problemet. Eller gör de verkligen det? Är det för att man får in så mycket skattepengar, som man har kris i bland annat sjukvård, åldringsvård och skolväsende?

Var är den hederliga arbetssamme svensken? Är det han som (enligt den officiella statistiken) plockar ut upp till 71 sjukdagar om året?

Men det är förstås inte Svenssons fel att han hamnat i ett system som erbjuder honom dubiösa friheter.

Felet i Sverige är att det spelar ingen roll hur höga skatterna är. De är ändå inte höga nog.

Varför? Den privata sektorn, rikets livsnerv, som förser landet med de skatter, som driver hela ruljangsen avtar i storlek. Storföretag säljer ut, lägger av folk, flyttar tillgångar utomlands o.s.v.

Skattebetalarna i denna sektor, de som sätter in färska pengar i samhället, är inte stort mer än 15 procent av befolkningen, om ens det. Resten av skatterna utgörs bara av pengar som snurrar runt utan tillflöde från en statsanställd till en annan statsanställd, från en kommunalarbetare till en annan, från en polis till en brandman etc. I stadshusen och kommunhusen landet runt växer byråkratin medan anställda avlönar och sysselsätter varandra, och tar några extra sjukdagar då och då. I västra Haninge söder om Stockholm till exempel är kommunalbyggnaden, som innehåller ett par tusen anställda, dubbelt så stor som City Hall här i St. Lucie County där några hundra tar hand om en fem gånger så stor kommun. Res runt i Sverige och du skall finna att kommunhuset är alltid störst i stan.

På andra sidan Kölen undrar norrmännen, som en gång var revyernas stående skämtobjekt, hur svenskarna har kunnat ställa till det så för sig. Men det passar norrbaggarna bra, för nu kan de handla billigt i Sverige med sina tunga norska kronor, som drar till sig allt från svenska sjuksköterskor till ingenjörer och bilmekaniker.

Ja, jag har väl på sistone blivit lite extra kritisk mot förhållandena i Sverige där jag växt upp och bott i femtio år och ännu har familj i landets alla hörn. Men jag tycker att jag har rätt att känna det som ett sorgligt faktum att det var för det här som jag betalade omkring 80% i skatt under trettio år och till vilket mina barn nu (klagande) bidrar som egna företagare. Vi kan ju inte alla bo i Amerika - tyvärr, ibland - även om ingenting i Amerika kan jämföras med en promenad längs Dalälven och en stilla sommarstund under ekarna på kyrkkullen i By. Sveriges like ingenstans finnes. Inte en värld så stilla, ren och vacker som Sverige i sin prydo, inte ett land så säkert, så nära och så varmt som det jag minns.

Som det jag minns.

Av synbar vikt

Det började den dag MacDonalds kom till Sverige och sakta men säkert satte igång med att korrumpera svenskens matvanor. Sedan den dagen har dessa vanor å det ohälsosammaste orsakat en genomsnittlig viktökning per skalle, som börjar lämna spår efter sig i den svenska vårdekonomin.

Åratal bland amerikanska uteätare i viktklasserna mellan 200 och 400 lbs har antagligen avtrubbat mig för jag finner fortfarande svensken i Sverige slank och smidig i jämförelse med vad jag är van vid från Wendys, Burger King och MacDonalds. För att inte tala om tanterna som rullar omkring som klot i gångarna på Winn Dixie.

Nu när den svenska hälso- och åldringsvården hamnat i en allvarlig kris, trots världens högsta skatter, höjs röster som kräver att de som lever ohälsosamt och de som blivit för gamla skall flyttas tillbaka i vårdkön.

När det gäller tjockisarna anser en sjukvårdsdirektör i Skåne, som ju är den landsdel som har den friskaste aptiten med ålagillen och Mårten Gås, att folk måste ta mer eget ansvar. Vanliga sunda hederliga människor skall inte behöva vänta på läkarvård för att folk som äter, super och röker ligger före dem i kön.

För att inte tala om dem som haft fräckheten att bli gamla. Eller för att från Aftonbladet citera en kommunbyråkrat i Huddinge: "Vad ska vi göra med alla dessa åldringar, som inte har vett att dö utan behöver vård och omsorg?"

Så i Huddinge prövar man nu, enligt tidningen, den tuffa metoden att vara djävlig mot de gamla, huta åt dem, tvinga dem att inse att de är kass och duger till ingenting.

Tidningen tog upp det här när man upptäckte att "EWK", Erik-Evert Karlsson, en gång Sveriges främste tecknare och världsmästare i karikatyrteckning, vid 85 års ålder fick sin ansökan om mera hemvård i stället sänkt från tio timmar i veckan till fem.

Kan allt det där bero på att man har för lite folk inom vården? I helsicke heller. För ett kvarts sekel sedan hade landet 9000 läkare i vårdklinikerna. Idag har man ett fyrdubbelt antal. Man har dubbel så många sjuksköterskor och för pappersarbetet åtta gånger så många läkarsekreterare. Men vårdplatserna har under detta kvartssekel minskat från 136.000 till 29.000!

Så det är minsann ingen brist på personal och man kan väl knappast tänka sig att läkarna har för mycket skrivbordsjobb. Så hur förklarar man då att inom vården tar läkarna idag bara emot två patienter om dagen mot sju för tjugofem år sedan?

Jag väcktes till det här när ropet kom på en sundare livsföring, bort med tjockisar och rökare ur vårdkön, vars längd jag ändå har svårt att förstå. Och så läste jag om EWK, som var hans bomärke, vars karikatyrkonst tillhört världseliten och vars teckningar förekomit i både New York Times och Washington Post. Han behövde hjälp ett par timmar mer per vecka med maten - det var allt. Men kommunen tyckte inte han var värd det.

• EWK, Erik-Evert Karlsson avled den 3 januari, 2004

Laddat

Här har jag suttit i åratal och sett revolverlobbyn i Washington som en samling gubbar som i vapenindustrins och Moses Hestons namn kämpat för individens rätt att bära vapen - en Beretta i varje handväska, en magnum i varje handskfack och en händig pistol i nattdukslådan för säkerhets skull. Det vore mums det för NRA-falangen.

Jag har aldrig under tjugofem år i USA känt eller haft något behov av *a gun* av något slag. Fast jag har grannar som inte kan sova utan pistolen i nattdukslådan. Jag har i all tysthet känt mig så där halvt överlägsen som svensk, stöpt i en kultur i stort sett utan hemmavapen, uppvuxen i ett samhälle utan fruktan. Kanske jag någon gång under en diskussion till och med tillåtit mig, kanske lite stöddigt, att säga "You see, in Sweden we have this idea...." Etcetera.

Nu kommer det fram att Sverige inte alls är ett land med den oskyldiga vapenkultur jag inbillat mig. Älgjägarnas studsare och böndernas hagelbössor är bara en oskyldig topp på ett folkligt vapeninnehav av sådan omfattning att Sverige idag är det fjärde tyngst vapenutrustade landet i Västeuropa. Det trodde ni minsann inte. I praktiken betyder det att 24% av svenska folket äger ett handeldvapen av något slag. Räkna bort alla omyndiga så blir procenten ännu högre. Sverige kommer då i nivå i vapenlicenser med Amerika. Så kanske svenskarna borde sluta att kritisera vapenkulturen i Staterna.

De enda som ligger före Sverige är Frankrike, Norge med 36% och Finland med 39%. Allt som allt finns 84 miljoner registrerade handeldvapen inom EU. 80% av dem är privatägda. Snittet per land är 17,4%, så Sverige är en bra bit över medelstrecket.

Men den stora smällen för oss nordbor står Finland för med sina 39%. Det placerar Finland som landet med det tredje högsta vapeninnehavet i världen! Bara USA och Yemen har fler vapen per invånare. Med utgångspunkt från Finlands procent kan vi lätt räkna ut att Sverige också ligger i världstopp. Så vi svenskar har inte så mycket att malla oss över som vi trott alla dessa år.

Mellan Pippi och Harry

Har Sverige förlorat stora delar av en generation någonstans mellan Pippi Långstrump och Harry Potter?

Per, 21 år, från Västerås har varit här några dagar och dokumenterat att vid sidan av ett blixtrande computerkunnande vet han i stort sett ingenting. Han har aldrig läst en bok och ser ingen större anledning att läsa en tidning. Hans kompisar där hemma känner likadant efter vad jag kan förstå. Hans liv är knutet till computern, inte som ett hjälpmedel som för dig och mig, utan som en integrerad del av tillvaron. När han lämnar datorn på jobbet går han hem och slår på sin PC, chattar med kompisar, scannar popstjärnornas websidor och lyssnar på musik, eller så kallad musik, över minimala PC-högtalare med miserabel ljudkvalitet.

Inget ont i det, men herre så fattigt om det är allt livet har att erbjuda. Och för större delen av ungdomen i Sverige är det tyvärr så idag - mycket, som jag ser det, på grund av ett undervisningssystem som felar att engagera eleverna, eller låter eleverna i de högre klasserna göra lite som de vill i klassrummen. Men de som förstått att styra datorn som hjälpare i stället för att styras av den har givit Sverige en IT elit av världsklass. Ungdomar som "lärt sig att läsa".

"Hail you" Harry Potter! Du kom i tid som läsfrämjare sedan Pippi Långstrump pensionerats . Du fick miljoner barn världen runt att läsa sitt livs första bok om dina äventyr inte bara som sagor för barn utan som del av en litterär berättarkonst väl i klass med Mark Twain och Stevenson. Man talade ju ett tag mycket om att man borde ge Astrid Lindgren nobelpriset i litteratur, men "finisarna" ansåg att barnböcker inte kunde anses kvalificerade. En dag, efter nästa Potter till exempel, borde man nog ge "Miss Potters" en chans.

Är det en tillfällighet att Hollywood börjat producera så många tecknade filmer? Naturligtvis inte. Hollywood gör aldrig något "av en tillfällighet". De gjorde Snövit och Askungen för bioköande tioåringar för femtio år sedan för det var en jättefin affär. Nu är man tillbaka med en annan jättefin affär - tecknade långfilmer för tjugoåringar! Kanske man borde dela ut slickepinnar till dem också.

www.ingramcontent.com/pod-product-compliance
Lightning Source LLC
Chambersburg PA
CBHW020625250626
47154CB00004B/1672